U0946713

收集德国好时光

——认识德国骨子里的气质

Schöne Momente in Deutschland

——Deutscher Charaktere und Charme

[德] 洪莉 著

书中图片全部由

洪莉和她的德国先生沃夫冈（Wolfgang Kalischke）拍摄

華夏出版社
HUAXIA PUBLISHING HOUSE

图书在版编目（CIP）数据

收集德国好时光．2，认识德国骨子里的气质 /（德）洪莉著．-- 北京：华夏出版社，2017.1

ISBN 978-7-5080-9005-4

Ⅰ．①收… Ⅱ．①洪… Ⅲ．①随笔 – 作品集 – 德国 – 现代 Ⅳ．① I516.65

中国版本图书馆 CIP 数据核字 (2016) 第 260530 号

收集德国好时光——认识德国骨子里的气质

著　　者　[德] 洪　莉
策划编辑　朱　悦　陈志姣
责任编辑　陈志姣
责任印制　刘　洋

出版发行　华夏出版社
经　　销　新华书店
印　　刷　北京华宇信诺印刷有限公司
装　　订　三河市少明印务有限公司
版　　次　2017 年 1 月北京第 1 版　　2017 年 1 月北京第 1 次印刷
开　　本　720×1030　1/16
印　　张　13.5
字　　数　156 千字
定　　价　49.80 元

华夏出版社　网址:www.hxph.com.cn　地址：北京市东直门外香河园北里4号　邮编：100028
若发现本版图书有印装质量问题，请与我社营销中心联系调换。电话：（010）64663331（转）

来自德国市长的问候

亲爱的读者：

在这本书里，洪莉女士描写了她在德国的生活经历。洪女士来自于一个不同于德国文化的国度。在德国，在这个最初对她来讲完全陌生的国家、陌生的文化和陌生的人群中，她找到了自己的位置，还学会了去发现新故乡的可爱和新生活的美好。

洪女士长期定居在德国的小城镇，与德国人朝夕相处。这里的人们有着完全不同的文化和风俗习惯，人与人之间交往密切。

文化是一个民族最宝贵的财富。而一个民族所特有的习俗、礼仪和传统，既是连接本民族的纽带，也是将其与其他人群联系在一起的纽带。

文化以一种独特的方式，为人们提供了一个澄清价值观和前景观的空间。从文化中，人们汲取力量，获得归属感，找到生命之源，从而紧密地联系在一起。换句话说，文化是人类劳作的结果。

而这样的“劳作”是从一件件微不足道的小事情开始的，发生在小范围内部，比如邻里之间或协会成员之间。如果你学会了如何与身边的人和睦友好地相处，那么走遍整个德国都应该不成问题。

我诚挚推荐各位品读此书，并且盛情邀请大家来德国观光旅游，从北海游到阿尔卑斯山。希望各位和洪女士一样，也能够发现德国的“美好”。

致以真挚的问候！

德国霍尔特市市长

克劳斯·克莱恩库恩

（翻译：杨悦）

Liebe Leserin,

lieber Leser,

in diesem Buch schreibt die Autorin über ihr Leben und ihre Erfahrungen in Deutschland. Sie kommt aus einem anderen Kulturkreis und findet sich in einem zunächst völlig fremden Land, in einer ihr fremden Kultur und inmitten ihr unbekannter Menschen zurecht und lernt sogar, dieses neue Land, ihr neues Leben, schön zu finden.

Und dabei lebt sie in der kleinsten gemeinsamen Zelle des Gemeinwesens in Deutschland, in einer kleinen Gemeinde mit ganz bestimmten Sitten und Gebräuchen, in einer ganz anderen Kultur.

Und diese Kultur ist es, die den wahren Reichtum eines Volkes ausmacht, seine Bräuche, Rituale und andere Traditionen sind das Band, das die Menschen einer

Nation untereinander und mit anderen Völkern verbindet.

Kultur ist in ganz besonderer Weise der Raum, in dem sich die Gesellschaft ihrer Werte und Zielvorstellungen vergewissert, sie stärkt die Menschen, schafft Zugehörigkeit, das Bewusstsein der Verwurzelung und trägt damit zum gesellschaftlichen Zusammenhalt bei. Oder anders gesagt: Kultur ist das Ergebnis menschlicher Arbeit!

Und diese Art der „Arbeit" ist zuerst in einer ganz kleinen Gemeinde zu spüren, dort wo die Menschen in besonderer Weise in Nachbarschaften und Vereinen ihre kleine Gemeinschaft pflegen. Und wer hier lernt, mit seinen Mitmenschen zusammen zu leben, der kommt überall in unserem Lande zurecht.

Ich lade Sie ein, nach der Lektüre des Buches unser schönes Land zu besuchen. Lernen Sie Deutschland kennen von der Nordsee bis zu den Alpen und Sie werden das auch „schön" finden.

Es grüßt Sie herzlichst

Klaus Kleinenkuhnen

Bürgermeister in Rheurdt

目录

one

德国素质教育篇

——举国之力锻造严谨和理性

国家是生养孩子的强大保障

注重培养社会能力的德国学前教育

德国工程师是怎样炼成的

爱读书的国度

德国历史教育篇——铭记在心才是最好的反省

德国人对二战深刻的自我认知

街上那块“绊脚石”

德国精神传承篇

——德国大学生联盟的百年骑士风范

阳刚气贯双堡城

魏因海姆探秘之旅

世代承袭的骑士之道

德国环保生活篇——全民垃圾分类是环境美好的基础保证

家庭垃圾分类篇

垃圾污水处理再利用工厂参观记

德国食品医疗篇

——严格的监督、完善的救助

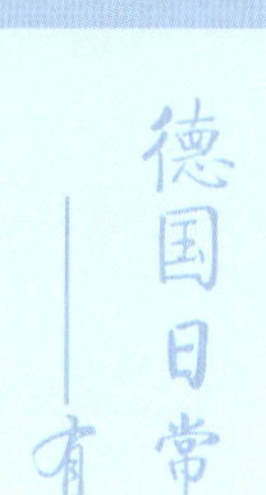

德国日常琐事篇

——有趣的德式思维

seven

德国普通家庭缩影——勤劳善良的马科斯一家

严谨、理性，勇于承担，勤于动手，正直善良，谦逊守礼，乐于助人，尊重传统和规则，擅长全局考量和长远考量……在德国生活25年，小村生活18年，细枝末节让我看到了这个国家许多的闪光之处，认识到了一些它骨子里的气质。

德国素质教育篇——举国之力锻造严谨和理性

国家是生养孩子的强大保障

注重培养社会能力的德国学前教育

德国工程师是怎样炼成的

爱读书的国度

出门拍雪景巧遇邻居父母们带着孩子堆雪人，有孩子的家庭经常相约一起玩耍。

国家是生养孩子的强大保障

生育无后顾之忧

国富民强的德国，一直面临着人口出生率低迷的严峻考验。目前德国总人口约八千多万，据测算，若要未来维持此人口数量，需要保持平均每个母亲生育 2.1 个孩子的生育高峰。但实际情况却是，上世纪 60 年代德国平均每个母亲生育 2.5 个孩子后，出生率就一直呈下降的趋势。2012 年德国国家的统计数据是平均每个母亲生育 1.38 个孩子，目前已成为欧洲乃至世界人口出生率最低的国家。所以生儿育女不再是个人私事，它与德国国家民族的命运前途紧密相关。

既是国家大事，国家就必须对此采取有实效的作为。德国政府的做法是，长期大量投入财政力量，不断推出针对家庭、母亲及儿童的优惠政策，分担母亲因生儿育女所带来的经济负担，为母亲提供有效的帮助，解决其后顾之忧。

鉴于很多现代女性因工作因素无暇生育，或担心因生育而失去工作岗位，德国对怀孕女职员立有多种保护法和工作岗位保留规定。例如职业妇女怀孕生育，只要怀孕初期在法定医疗保险中保了孕妇险（和医疗保险一样，雇主也要为之支付一半费用），即可在分娩前六周到产后八周的产假期间，获得与工资相对应的产假期工资。此外，国家对生育孩子的职员家庭会发放“父母金”津贴补助，每个停职哺育婴儿的职业妇女都可以申请，由当地政府按月支付。从2015年起，“父母金”的发放期限由原来的14个月延长至28个月。

每个生活小区都建有供儿童在家门口游乐的场地设施。

很多德国妇女喜欢从事半天工作或无须纳税的短时工作，这类职业妇女，只要她们的丈夫有固定工作、缴纳法定家庭医疗保险，她们也同样可以申请每月210欧元的产假津贴。至于孕妇体检、分娩、产后检查及婴儿保健，无须个人承担任何费用，全部由医保支付。失业或收入极低的家庭则由民政部门提供社会救济。

德国的老年人是不会替代儿女照料孙辈的，他们辛劳了一生，早已完成了养育儿女的任务，理应享受安逸的退休养老生活。德国提倡母亲停职亲自照料3岁以内的婴儿，科学研究表明，这对幼儿的身心健康最为有益。为此，关于母亲的职位保留，德国政府也有相关法律规定：生育妇女享有三年停薪留职育儿期，公司必须为生孩子的女职员保留三年工作岗位。近年来这个“停薪留职育儿期”的规定有了新改变，就是孩子父亲同样可以享有，也就是说，夫妻可以根据自己工作情况自行决定，是母亲留家育儿还是父亲留家育儿，或者父母轮流在家休育儿假。自2015年起，为了适应各种家庭的特殊情况，这个“停薪留职育儿期”又有所改进：如果父母不想在孩子3岁之前全部休完三年育儿假，也可以延长到孩子3~8岁期间，再停薪留职在家照看孩子两年。随后，公司须无条件地接受育儿的职员重返工作岗位。不论是国家企业还是私人企业，都须同样遵守这些规定。虽然，公司企业的利益会为此受到影响，但在一个成熟完善的社会，公司企业的存在不仅仅是为了盈利，还须承担社会责任和义务。

在财政援助方面，民众普遍受益的是国家会减免有孩子的家庭的收入税。德国的税收制度是个复杂而细致的工程，上税的比例按收入不同而级别不同。高收入者多交税，低收入者少交税；单身汉者多交税，有家庭有孩子的少交税。简单说，图省心图自由不愿生养孩子的，那就须承担另一种社会义务，通过多纳税的方式将钱补贴给替他们养未来纳税人的家庭。

此外，德国很早就开始实施对有孩子的家庭发放“儿童金”（Kindergeld）。在德国长期生活的每个孩子，从出生到年满18周岁，不管是德国籍还是外国

籍，甚至是其母未婚所生的子女，其父母都会得到政府发放的儿童金。即使孩子生活在别国，只要其父母在德国纳税也同样可以获得。虽已年满 18 岁但还没有正式工作收入或还在上学或读大学以及职业学校的年轻人，其父母依然可得到儿童金，直至其年满 25 周岁为止。据政府网站公布的信息，2012 年德国政府国库共发放了儿童金补贴 385 亿欧元，和瑞士及卢森堡同属欧洲各国中儿童金补贴最高的国家。而且儿童金发放金额随通货膨胀的情况而增长，2015 年德国政府讨论通过了再增加儿童金月金额的方案，从 2016 年开始，每个家庭的第一个和第二个孩子每月各获 190 欧元，第三个孩子获 196 欧元，第四个孩子起获 221 欧元。

不仅是政府层面，德国社会各界、教会机构等各方在生活、医疗保健、教育、业余爱好等方面，都为家庭、孕妇及儿童不遗余力地提供各种各样的优惠和便利。目的只有一个，让父母及家庭不会因为生养孩子而使生活质量受到影响，让他们不会有所顾虑，更不会因孩子多而负担不起孩子受教育的费用。德国对儿童的优惠福利是多方面的，德国实施市场经济，但婴幼儿食品的生产却受到国家的保护和限制，不容商家在此领域牟取暴利。政府对奶粉的生产厂家提供有优惠政策，以资助其优质奶粉的研发，确保价格大众化，以使得每个养育孩子的家庭都能买得起优质奶粉。奶粉的生产规模和生产数量是以出生率为根据计划制定的。因此，当中国的抢购婴儿奶粉潮涌向德国时，各家商店货架上的奶粉都被扫光，奶粉厂家日夜开工也无法应对，才不得不做出限购的规定。

家有幼儿的德国女性，做全职妈妈或半职工作的较普遍，在这个普遍尊重女性的国度里，女人不会因挣钱多少而价值不同。当然，他们对于生育儿女的想法也各有不同，有不要孩子的，也有养三四个的，而一到两个孩子的家庭较为普遍。有国家相关政策和法律制度的保护，有社会、生活方面的各种保障，为生儿育女而放弃工作的全职妈妈，同样生活得安逸、富足。

儿童教育福利政策

德国非常重视普及全民教育，适龄儿童入学接受教育是法律义务。孩子到了入学年龄，其家长会收到当地警察部门发来的信，提醒父母该为子女办理入学事宜。儿童上学以在居住区就近入学为原则，各个学校无论是教学质量还是学校设施基本相同，没有太大差别。每年，从小学到中学都会举办学校开放日、介绍日，欢迎父母带孩子来参观学校。

德国从小学到大学全部实行免费教育，教育经费全部由联邦政府及各州政府承担，使每个孩子都有机会接受完整的教育。家庭收入低的大学生，可以申请政府为大学生专门设立的无息贷款，作为其读书期间的生活费用，可以在工作之后再偿还。德国政府在教育经费方面的投入超过国防经费好几倍，且教育经费的年增长速度超越经济增长速度好几倍。

德国幼儿园的伙食费及管理费用，视家庭收入情况而有所差别，收入少的家庭可获得政府减免。如家有两个或多个孩子入园时，第二个孩子起可获减免或无须交费。幼儿园所需费用由家长直接转账到政府相关部门，再由政府统一拨发，幼儿园领导及老师无从知道孩子的交费情况，因而也绝对避免了可能出现的厚此薄彼现象。也有些地方连幼儿园都是免费的。在德国，从幼儿园到大学的教育不允许产业化，更不允许营利创收。德国是个高福利的国家，政府在教育、医疗等民生方面投入了相当大的财力资源，以保证公民优质的生活质量。

在医疗发达的德国也有残疾孩子，我们一个德国朋友家就有个智障儿子。作为虔诚的天主教徒，他们将每个孩子都看成是上帝送来的礼物。他们将儿子当正常孩子一样抚养，让他经常接触外界，培养他的音乐爱好，使他像健康孩子一样快乐成长。政府为患天生疾病和残疾的儿童终生发放儿童金，提供家庭资助，提供免费特殊学校教育，培养他们力所能及的工作技能。在残疾人就业方面德国规定，公司企

业招收残疾人员工将会得到税务减免优惠，企业不得以残疾为由解雇员工。我所住的小镇有个公共园林绿化公司，公司员工大都是智障人士，他们负责街旁林带和公共场所的绿化管理工作，比如除杂草，剪树枝，维护园林。他们经过职业培训，完全可以自食其力。

朋友的智障儿子英药在圣诞晚会上扮成圣诞老人的驯鹿，为大家送圣诞礼物。

德国离婚率并不低，但在德国，离婚并不像中国那么简单容易、两人同去民政局就给办了。在德国离婚必须请律师出面向法院提交申请，目的是为了给离婚夫妻足够的冷静思考的时间，更重要的是能最大限度地保护妇女儿童的利益。有未成年子女的夫妻离异，法院对其抚养费及抚养权的判决是以孩子及母亲的利益为重心，双方都要承担抚养责任，不能因父母离异而影响到孩子的生活质量和心理健康。

德国社会尊重每个人的私生活，对离婚的看法很宽松。女人再婚完全不会受有孩子的影响，相爱的双方都会把对方的孩子当成自己的孩子一样来抚养。德国人不介意血缘关系，并不把抚养别人的孩子看成是吃亏的事，甚至可以为此不再自己生孩子。

在一个高素质高福利的文明社会里，每个人都可以以自己喜欢的方式去生活，与他人无关。独居或单身母亲，同样受到尊重，生活得有尊严有乐趣。父母离异的孩子也并不会孤僻和自卑，他们同样心灵健康，快乐成长。

注重培养社会能力的德国学前教育

一个关于德国早期教育的广泛误传

在微信朋友圈看到过很多国内各种评论早期教育的文章，有抨击中国“拔苗助长”式的学前教育，扼杀了儿童天性；有以欧美国家的教育为例，例如分析德国为何获诺贝尔奖的人数众多或德国为何国强民富经济发达；也有直接介绍德国教育体制的。我注意到，很多涉及德国早期教育的文章几乎都引用了一种流行舆论为凭：“德国宪法禁止学前教育”或者“德国宪法禁止早期教育”。这会给人一种错觉，似乎正是这种禁止早期教育的“先进教育理念”才带来了

德国的强盛。

我理解这些文章中对中国教育现状担忧和不满的观点，但对于作为其依据的“德国宪法禁止学前教育”这种说法的真实性，却感到非常疑惑。

我发现，这些文章所引用的这类内容或长或短都源自一位曾在德国学习进修的中国学者的文章，文章是这样写的：“…尽管如此，我对德国禁止学前教育的做法还是不太理解。为了搞清楚这个问题，我专门请教了德国的教育人士，他们让我找《基本法》来看看。翻开联邦德国的《基本法》（即宪法），我大吃一惊。其中第七条第六款明确规定：禁止设立先修学校（Vorschule）。我还是不明白德国宪法为何这样规定，只好再请教有关的教育专家。他们告诉我，孩子在小学前的‘唯一任务’就是快乐成长。因为孩子的天性是玩要，所以要做符合孩子天性的事情，而不应该违背孩子的成长规律……”因此，各种引用了此段落内容的文章标题都很吓人：“德国为何立法禁止学前教育？”“德国宪法禁止学前教育，别把孩子大脑当硬盘”……

求实务实，不轻信不盲从，是德国人的普遍习性；严谨认真，是德国社会的基本准则。长期生活其中会受其熏染，被潜移默化。为弄清这位中国学者的说法是否准确，我耗时月余，查阅德国宪法，阅读了很多德国儿童教育机构的介绍和相关资料，寻访中学校长、幼儿园园长及老师、工程师、研究生等不同职业的德国人，同时亲自考察体验一所幼儿园。我用调查了解的结果，非常负责任地告知朋友们：德国宪法绝没有禁止学前教育！

正确解读德国宪法条款

德意志联邦共和国基本法（Grundgesetz für die Bundesrepublik Deutschland）第一项基本权利（I. Die Grundrechte）第七条第六款条文：（6）Vorschulen bleiben aufgehoben。直译中文意为：保留废除前期学校。

首先有必要略解释德语词汇：Vor 意为前面，Schule 专指学校，“Vorschule”是指“前期学校”（从形式上类似于中国的学前班），不能将其理解成“学前教育”或“早期教育”。学校与教育有关，但不等同，教育的范畴更广更深。德语“早期教育”一词是“Frühe Bildung”。

必须重点强调的是，德国宪法基本权利中第七条第六款法规是有特定所指！德语维基百科网对此有详细注解，我将其原文翻译如下：在德意志帝国时期，“Vorschule”（前期学校）一词是指一种小学形式。这种小学进行一至三年级的课程教育。学生可以用读此小学来代替读公立小学（德国小学四年制，各州略有不同）。此小学的课程是为升入中学做准备，并比普通公立小学提前一年进入中学。就读“前期学校”需付昂贵的费用，故只能为富裕阶层所享受。就读前期小学在将来继续深造（进入高级文理中学和大学）中占有很大优势。在魏玛共和国时期，这种前期学校被废除。

如今仍存在于德国宪法基本权利中的第七条第六款“保留废除前期学校”的条文，援引于魏玛宪法。条文内容所涉及的是当时专门为升入高级中学而准备的私人前期学校。这些前期学校已于 1920 年被义务公立小学所取代。

所以，德国宪法中的“前期学校”，是专指当年那种为继续进入中学深造所设的收费的三年制小学，而并非那位中国学者所理解的进入小学前的学前班，再将其引申理解成“德国禁止学前教育”，更是荒唐。

现在人们常提到 Vorschulen 这个术语，德语维基百科网也有解释，是指为进入小学做准备的学前班。和德国宪法提到的 Vorschulen（前期学校）虽为同一词汇，但却是完全不同的两个概念，德国宪法没有禁止现代意义的学前班。而且德国是联邦制，各个州有很大的自治权力，很多法律条文例如教育法规须由各联邦州自行制定，国家宪法不能统一规定。如果我们对德国政体有所了解，

就会知道，德国国家政府不可能制定这样的宪法规定。何况儿童的“学前教育”是父母的权利，是让自己的学龄前孩子天天在家玩，还是送进“学前班”学习，完全由父母自己说了算，政府无权过问。儿童年满6岁，才根据法律规定必须入学接受义务教育。

德国学前班现状

对于是否有必要在幼儿园与小学之间设立“学前班”，上世纪70年代曾引发过德国社会的大争论。批评舆论认为，由于没有建立完善的系统、缺乏新的科学方法，专门的“学前班”并没有起到特别的作用。5岁学龄前儿童的学前教育措施完全可以纳入幼儿园教育系统。2004年，德国社会再次加强了对早期教育的认识与探讨，各州幼儿园对学龄前儿童均实施有各种学前教育计划。

爱丽从两岁起就跟着爸爸每年参加我们乒乓协会的自行车郊游日，第一次见面就和我成为了好朋友。

德国各联邦州几乎都没有专门的学前班，相应的学前教育均在幼儿园实施，只有汉堡地区例外。目前汉堡约有246所小学设有免费学前班。但是，德国小学的学前班与中国理解并实行的“学前班”完全不同！中国大多数的学前班是让学龄前儿童接受小学生文化课教育，以上课方式学算数、语文、英语、古诗、书法等，实质就是提前了法定的小学生学习课堂知识的年龄。而德国汉堡小学的学前班，是专门为一些心智发育、行为举止与年龄不符，而家庭又无法给予合适教育的学龄前（5岁）儿童提供帮助而设置，以便他们进入小学后能够顺利适应上课环境，与人和谐相处。学前班帮助这些孩子学会课堂不乱跑乱动，不妨碍和影响到别人，学会与人交往合作，掌握这个年龄段的孩子应该具备的识别能力、语言交流能力、阅览能力等。对于身心发育达不到进入小学要求的孩子，学前班老师可以建议家长让孩子重新回到幼儿园再学习一年。

很喜欢与人亲近的爱丽

德国早期教育的范畴比起中国来更广泛，着重于让孩子们学习礼貌举止，学习社会公德、交通常识、生活常识，培养他们的自理能力、动手能力和阅读习惯，并且学习方式不是课堂灌输式，而是在游戏活动中自由进行。德国幼儿园教育还包括了解社会机构职能，比如，参观警察局、消防局，学习如何报警，了解他们如何进行救助工作；参观图书馆、政府办公室，学习怎样借书还书，了解在图书馆应该保持安静，了解市长的职能。小学低年级设有自行车课程，

学校会请交通警察讲解交通规则，由警察组织路考，并发自行车驾照，从小为他们植入持照驾驶、遵守交通规则的意识。在德国这些都属于早期教育范畴。

幼儿园两日亲身体验

为能亲自了解德国幼儿园早期教育情况，经过联系，我到居住地的幼儿园观摩体验了两天。这所幼儿园有 40 名 2~5 岁的儿童，分为两个年龄混合组，每个组由两位老师负责。通常小孩子会害怕陌生人尤其陌生的外国面孔，但我最初的担心很快就被孩子们驱散了，他们毫不胆怯，主动拉着才见面几分钟的我一起做游戏，玩拼图或涂鸦游戏时甚至爬到我腿上，问我叫什么名字，多少岁了，中国在哪里。据老师介绍，幼儿园的四位老师不固定带某个组，每周轮换，让孩子们有机会与每位老师接触交往，减少依赖性。孩子们和老师互相直呼名字，互为朋友，没有身份地位概念。

这里的上课只能称为活动，大大小小的孩子们及老师一起拉圈圈唱儿歌，一起做游戏。老师告诉我，幼儿园不可以用正规上课的形式教小孩子数数，而是要让他们在游戏玩耍中学习。小孩子爱模仿，两三岁的小娃娃随四五岁的孩子一起玩，语言能力、行为能力会进步飞快，同时大孩子也要学会关照小孩子。这是混合班的一个优势。

大小孩子也会进行分开的活动。我看到幼儿园一周活动安排表中有学龄前儿童乘公交车去参观牙医诊所，有学习紧急救助，甚至有请牙医来幼儿园讲解乳牙护理知识。我体验了一次孩子们“乘火车旅行”的活动。第一堂课，孩子们扮成旅客，搭着肩膀串成一列火车，呜呜地穿山越岭去旅行。第二堂课，轻快的音乐响起，老师让孩子们躺在体操垫子上安静闭目，随着老师绘声绘色地

德国幼儿园混班制，大小孩子一起玩。

讲述火车穿过高山森林、原野农庄、河流湖泊，孩子们进行大脑的自由想象。老师不时在一旁提示：看见草地上的野花了吗？看见森林里的小房子了吗？小河里有没有鱼？旁边有两位自愿协助课程的家长帮忙记录着每个孩子的表现。

后来老师告诉我，这是针对4~5岁的儿童进行的思维想象课，以游戏的方式引导孩子们安静思考、丰富联想。每次课须记录孩子能否安静下来进入想象、语言描述如何等等。每个孩子的记录还要交给家长，以便家长熟知自己孩子的身心发育情况并配合家庭教育。这些课程是按照“全德国儿童联盟”专为加强4~5岁儿童个性发展而制定的系列教育方案进行的。

德国有个“全德国儿童联盟”，这是个专门为0~6岁的幼儿建立的跨学科的

本镇幼儿园，老师带孩子一起读书。

全国性非营利性民间协会，成立于 1977 年，由包括科学研究学会、儿科医生协会、心理学家协会、家庭和青少年帮助机构和众多服务性俱乐部等超过 250 个成员组织所组成。目的是致力于儿童早期发展影响因素的科学研究，促进儿童心理健康发展的政治和社会条件的改善，并在立法措施上产生积极影响。科学研究发现，幼儿期是孩子大脑发育最重要的时期。除了遗传因素，最初几个月和几年的生长环境对儿童心理和情绪影响很大。孩子被关注或被忽视的经历都会对他未来的人格产生影响。据此科学理念，联盟设计推出幼儿园教育方案，通过九个模块的不同游戏方式，培养 4~5 岁学龄前儿童在生活中不可缺失的个人基本能力：自我与外界感知；理解、同情别人；自我情绪调节和适应；解决冲突与和解；建立朋友关系；培养自尊。这些才是德国学前教育的重要内容和目标，也是这个年龄段的儿童应该开始学习的。

反观中国大多急功近利式的早期教育，以孩子会背乘法口诀表，会背唐诗三百首、英语单词而沾沾自喜，恰恰忽视了让孩子终身受益的个人修养和基本能力的培养。令人欣喜的是，这种违背儿童发育规律的教育弊端已经引起了中国社会各界的重视，符合儿童心理健康发育的学习方式正在被教育界及家长们关注和探索。

德国工程师是怎样炼成的

理念的差异

一对华人朋友买了漂亮的新别墅，我们去帮忙搬家。建筑工程师朋友用来拆卸家具的工具只有两个极袖珍的小螺丝刀和小钳子。我笑朋友那两件工具就像儿童玩具，告诉他有了房子得置备像样的工具。朋友理所当然地说，我又不是工人！我当然明白他的意思。我们都是在“劳心者治人，劳力者治于人”的传统观念熏陶下长大的，接受的是注重课本知识、注重考试成绩的中国式教育。何况他博士毕业，读了二十几年书本，自然是学富五车，不会动手也不屑于动手。

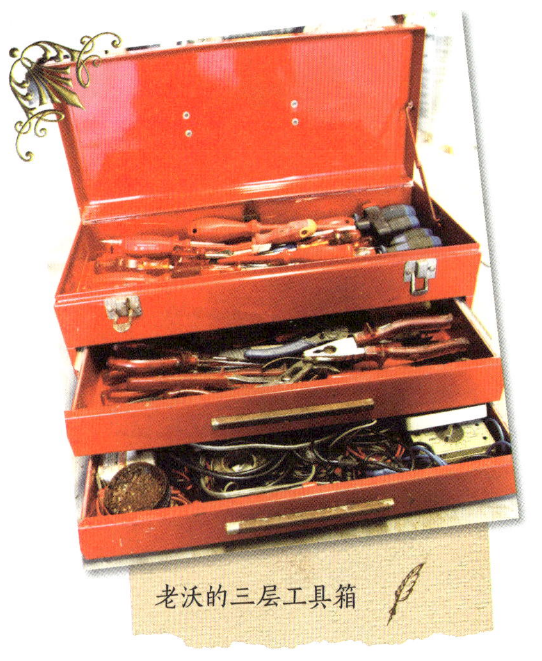
老沃的三层工具箱

我指着我先生携带的私人工具箱说："在德国，男人都是工人！他也是工程师，可你看看他的工具箱。"他的工具箱分三层抽屉，整齐摆放着38把各种型号的螺丝刀、20把各式钳子、小仪表、量尺、各种胶带、线笔等。真把朋友夫妇看傻眼了。而这只是个可随身携带的工具箱，家里的工具库里还有20台锯、钻、刨、切、磨等用于各种用途的电动机器，挂满墙的各类大小型工具，几十盒不同型号的钉子等。可以说，他有一个小型车间。我们家大到房间装修小到花园修剪，都是他自己动手。

德国男人白天从事各种职业，医生、教授或普通职员，但回到家都有个共同喜好，就是动手鼓捣。他们普遍爱逛建材商场，喜欢买各种工具，喜欢自行设计、动手装修房子，给孩子做木马摇椅、木板拉车，乐此不疲。他们这种独立能力、创造能力、动手能力并非天生，而是得益于德国教育理念和方式的培养。

独立从幼儿开始

德国人的育儿观念和做法与我们差异巨大。孩子从出生开始就独自睡觉，父母晚上给宝宝吃饱奶换好尿布，就会关灯离开，养成孩子按时独立睡觉的习惯。等到孩子再大一点，父母会陪孩子夜读，读段故事后互道晚安，孩子就自己安静入睡。

德国妈妈不坐月子，下产床就会被护士拉去淋浴清洁。新生儿也不坐月子，没满月就常被父母推出去晒太阳。孩子走路摔倒了父母不扶不抱，等孩子自己站起来，并不愿别人插手帮忙。对此我有过深刻的教训。来德国前几年所居住的公寓楼四楼上住着一对年轻夫妇，他们有个 4 岁的女儿，金发碧眼，洋娃娃一般可爱。小女孩经常在楼下封闭的后花园里玩耍，一天，小女孩玩累了不肯自己上楼梯，坐在一楼哭，她妈妈在楼上叫她上楼，女孩在下面使劲哭，母女俩僵持了很久。我实在听不下去了就开门走下楼梯，只见小女孩已哭成了泥花脸，我刚蹲下来问她怎么了，小女孩就可怜兮兮地紧紧搂住我的脖子不松手。我将女孩抱上楼，交给站在楼上等她的年轻母亲，本以为她会感谢我，不料她极不满地道声谢就不再开口，让我很尴尬。

还有一次在公园里，一个刚会走路的小男孩走过我身边时突然摔倒，趴在地上哭起来，他的妈妈边慢慢前行边笑眯眯地招呼男孩自己爬起来。这时我已懂得不能出手，只能旁观。男孩终于看出没希望了，越哭越没趣，最后自己爬起来朝妈妈走去。估计他下次再摔倒会省略哭的环节，直接爬起来继续走。

如果小孩子吃饭常不专心，边吃边玩，德国父母的做法是结束就收走盘碗，没吃饱就饿一顿，绝不会像中国父母那样端着碗追着哄着喂。在德国极少看到几岁的孩子任性地哭闹不休。孩子的独立不依赖，就这样给摔打出来了。

勤动手与拓展兴趣的小学生活

德国幼儿园不上文化课，关注的是孩子的想象力、动手能力和生活常识，注重户外运动。幼儿园教室里都有橱柜，上面放有瓶装矿泉水和杯子，孩子们想喝水随时自己倒，杯子自己洗。幼儿园混班制，小孩子的杯子由大孩子帮助洗。放学前，孩子们会自觉将玩具收拾好，将水杯摆进橱柜。

德国小学四年制半天课，一、二年级没有成绩单，只有老师鉴定书，记录着孩子们的性格特点、行为举止、合作能力、交往能力。小学教育特别注重动手能力的培养，老师经常在课堂上带领小学生们为朋友为父母制作生日卡、节日礼物。母亲节那天，很多小孩子会早早爬起来，亲自为妈妈准备一顿丰盛的早餐，端到妈妈床前，让妈妈感动不已。

我家的小猪储钱罐。以前家里养猪意味着有肉吃，故德国习俗将小猪当成生活富足的象征。

德国孩子们有自己的储蓄罐，里面的零花钱是他们做家务活、替父母擦车、为邻居花园剪草等劳动挣来的。我儿子 8 岁开始洗全家的碗盘，洗得很认真很干净也很有成就感，他知道零花钱不是白给的，要靠自己挣。有一次德国房东来我们家，正碰上他踩着小板凳在水池边洗碗，房东大大地赞赏了他一番，让他好得意。他 14 岁那年我们家买了土地建新房，建筑公司的整个建造过程他都目睹甚至参与了，看图纸、选材料，很长见识。大学假期他去建筑工地打工已然得心应手。

德国小学教学还包括集体郊游、野外宿营、大自然探险、足球竞赛等等，经历了好动童年期所神往的各种户外野趣，他们锻炼得更加独立、坚强。我儿子 10 岁时独自乘飞机往返中国，我们没有办托管业务，只是托付给在机场临时看到的一位中国留学生。儿子丝毫不胆怯，不但与留学生混成了哥们儿，还要

求空姐带着参观了整个飞机及驾驶舱。

体育课是身体发育时期的小学生很重要的课程。学生除了书包外还必须备有体育包，整理装好运动服和运动鞋是孩子自己的责任，家长不会帮忙。孩子们还会根据自己的爱好，加入当地各种民间体育协会，参加训练和体育赛事。他们会将这些体育爱好坚持终生。体育训练不但增强了他们的体质，使他们健康结实、挺拔灵活，也让他们学会了协同合作的团队精神。

孩子们从小就以自己的兴趣参与社会活动。在小镇秋收节上我注意到一个最年轻的“手艺人”，一个小女孩正安静地为人画脸谱，她不时审视着“作品”，调色动笔，直至满意，周围的喧闹和人来人往对她没有任何影响，那全神贯注的神态让人认定她是在从事艺术创作，而不是在玩。

1 月 6 日是基督教三个圣人节，我们小镇有传统的庆祝方式。这个周末孩子们会按故事情节装扮成圣贤，在家长的陪伴下挨家按门铃，待主人开门后，他们站成一排唱祝福歌，大意是上帝时刻保佑着你们，然后经过主人同意，用粉笔在外墙上写下一串拉丁文数字及符号，留下上帝保佑的记号。然而这

在秋收节上画脸谱的小女孩对自己的创作很满意。

1月6日三圣节，孩子们装扮成圣人挨家唱歌，在墙上记下上帝护佑的符号，并为非洲艾滋病儿童募捐。

些并不是全部，他们更重要的使命是为非洲贫困及艾滋病的孩子募捐，然后由教会统一资助给非洲地区。我们小街每家墙上都排列着很多串上帝的符号，也记录了我们对非洲贫困儿童的一片爱心。

注重实践与创造力的中学时代

度过了四年轻松快乐的小学时光，孩子们已积累了一定的体能和眼界，进入中学后开始在课程的广度和深度上逐渐加速。在每周一次的工艺课上，他们

学会制作较复杂的杯子、陶盆及各种造型的艺术品。上语文课不是像中国那样在老师的指点下，划分段落大意，概括中心思想，而是以大量阅读、深刻理解、培养独立见解为重心。高年级开始学习微积分等高等数理化课程，上很多的实验课，鼓励课堂积极发言，勇于表达见解。中学生需学会做项目制方案，完成两周的社会实习、集体出国旅游和做义工等。他们挣零花钱的方式也更加多样化，比如给低年级学生做家教，照看邻家小孩。这些工作我儿子和朋友们的孩子都做过。

德国中学没有最后一锤定音的高考，中学最后两年的各科平时成绩和最终选择方向的四科毕业考成绩的累积折合，就是高中毕业成绩，高中毕业即可上大学。他们在考试训练、应试能力、奥数比赛成绩等方面普遍不如中国学生，但他们的独立思考能力、社会能力、创造力以及知识的深度广度、心理成熟等综合素质，远在中国学生之上。这不是孩子个体的差别，而是两种不同教育方式的必然结果。

德国教育还有两点特别之处：一是从小学到大学，没有班长没有班干部，每个班级只有一个学生代言人，职责是将同学的意见向老师或校方提交。学生代言人由学生选举产生，没有老师或校方参与。二是从小学到大学，考试成绩属于个人隐私，老师不得公开不许排名，更不能以考试成绩将学生分出优劣等级。保护学生的自尊心和心理健康，是德国教育的重要责任。在这样充满正能量的生长环境中，会让他们养成互相尊重、不攀比不巴结、不嫉妒不歧视、真实坦诚的个人品质。

好友给我讲过老师对她儿子艾米尔独特教育的故事。艾米尔 10 岁时曾和同学打过架，老师的处理方式让她感到新奇。老师没有进行批评教育，也没讲要团结友爱的大道理，只是对他们说："你们之所以打架，一定是相互缺少了解，误解了对方。这样吧，给你们留个家庭作业，回去共同做个大蛋糕，然后带来给同学品尝。"为了完成这个作业，两个孩子开始一起商量，他们首先查阅蛋糕制作书，选定做什么蛋糕，然后分头准备材料，最后两人约好时间，在同学家厨房按照食谱步骤一起动手互相配合，最终烤制出了香喷喷的蛋糕。他们亲手烤制的蛋糕获得了同学老师的夸奖和感谢，两人从此也成为了极要好的朋友。好友还说，当她和德国老公发生争吵时，艾米尔既不害怕也不躲避，而是镇静地说，妈妈你不要那么大声，你们肯定是缺乏沟通互相误解，你们好好谈谈吧。儿子的成熟理性常常让她领悟到正确教育的力量。

在严格的大学中百炼成钢

迈进以“宽进严出”著称的德国大学，艰难辛苦的治学之路开始了。没有班级没有辅导员，从联系学校和专业、报道注册、寻找住房，到选择课程、复习考试，再到半年工作实习、各种社会实践、毕业论文实验课题，全靠学生自行安排筹划。德国大学生已经具备了这些自我管理能力和对社会政治、经济的认知了解。而这些，却是刚出国留学的中国学生所欠缺的。一位留学生朋友告诉我，小组上实验课时，德国同学思路清晰，操作有序，而她基本上是茫然地看着，等着抄实验结果和报告。但她的强项是能拼考试，德国同学时常考不过她。

德国教授治学态度极其严谨，考试不及格绝不手下留情。越是精英大学，要求越严格，越是理工科，创新越重要。在一路不断淘汰中，闯过一门门严格的考试最终拿到学位证书的毕业生，以真才实学走进“德国制造”的工程师队伍。在工作中，他们认真严谨，发明创造，以制造出质量过硬的大到重型工程机械、小到生活厨房用具为己任。回到家里他们乐于亲自动手，美化生活。

德国驻华大使柯慕贤曾在回答中国网民有关德国教育的询问时说：“德国的教育宗旨是使学生成为能独立思考的有创新能力的人。”德国工程师，就是这样炼成的！

我们小镇的街头书柜

爱读书的国度

书是最好的礼物

啤酒、足球、汽车……似乎是人们对于德国的第一印象，殊不知，阅读才是德国民众最广泛的爱好，61%的德国人将阅读视为生活中不可缺失的重要内容。虽然现代社会电脑手机网络发达，但50%的德国人仍将图书视为好朋友。乘客捧书静读的情景，是德国火车飞机上屡见不鲜的画面。出门旅行度假，不论大人还是孩子都要往箱子里塞上几本书。我婆婆87岁了，依然每晚阅读，用满架子的书和老闺密们交换着看。她们都是普通女性，阅读是她们一生的爱好。

这是 *2013* 年圣诞前我在书店所见到的购书人流，青少年是德国最大的阅读群体。

据调查统计，有 45% 的德国妇女每天阅读，她们就是其中之一。

德国人交往讲究互赠些小礼物，而图书则是较常见的礼物之一。2013 年圣诞前夜，我在德国电视节目里看到，主持人公布全国销售最多的圣诞礼物排行榜，图书超过送钱和购物赠券，名列榜首。2014 年圣诞礼物统计，图书依然是最受德国人欢迎的圣诞礼物。媒体报道说，德国已经连续很多年都如此。这是一个爱读书爱思考的国度。

“陪子阅读”

德国人酷爱读书得益于父母对孩子从小的培养，“陪子阅读”是德国家庭很

重要的日常生活内容，年轻的父母不会为忙工作忙挣钱而放弃这个陪孩子一起读书的机会。从孩子幼儿时期开始，日常及睡前给孩子读故事是父母必做的事。在他们看来，让孩子从读书中得到快乐比什么都重要。据德国读书基金会公布的调查数据，德国有 81% 的家庭会有规律地陪子阅读。

德国到处可见街头公益书柜，孩子们很喜欢从中取书阅读。

德国城市均有市图书馆，行政区有区图书馆。这些公共图书馆具有相当大的规模并设有专门的儿童及青少年阅览区，藏有丰富的适合各个年龄段青少年阅览的图书、画册、期刊。学生可以在图书馆免费办理借书证，免费借阅书籍。图书馆工作人员非常敬业，如借阅的书暂时没有，他们会与全市其他图书馆联系查找，并写信告知何时来取。普及而便利的图书馆设施为各种家庭的“陪子阅读”提供了极大的帮助，不论家境如何，“陪子阅读”都不会因经济收入而受到影响。

德国小学四年制（也有的州六年制），基本只有半天课且作业既少又简单，因此课余时间很多，图书馆则成为孩子们度过课余时间的场所。很多小学生会到这里看书，玩玩具，做手工。图书馆经常组织各种有趣的主题活动，比如朗读、讲故事、答题互动，扩大孩子们的视野。幼儿园老师也常带领小朋友到图书馆参加活动，认识图书馆环境，以便将来他们把这里当成熟悉的“家”。此外，每所学校也有自己的小图书馆，书源除了学校购买，还有相当一部分来自学生及家长的捐献。社区教会、私人基金会、读书协会同样也提供免费图书室。总之，德国从政府到全社会都在为培养青少年阅读习惯不遗余力。

重视阅读的学习方式

相对于小学，德国的中学课程跨越很大，涉及的知识面广而深，平时也经常有课程考试。并不像某些道听途说——德国学生不考试、学习很轻松。但是与中国的应试教育完全不同，德国学校摒弃记单词背定义的方式，尤其文史类考试绝不是靠死记硬背所能应付的。不论是毕业大考还是素日小考，考题都是围绕某些文章、书籍或历史时期、历史事件进行介绍、叙述或论述，就像大学生写论文报告。这样的考试没有标准答案，无观点对错的约束，更不必揣测老师的想法，学生只须写出自己的思考与见解。

对于德国中学生来说，完成这些并不是沉重的负担，因为他们平时就是这么上课学习，这么做作业。对于教学中出现的历史人物、著名文学家等，老师并不要求学生背他们的生辰八字、生平事迹，而是让学生查找阅读其原著，了解其思想体系和时代背景。德国中学生经常要做项目方案作业（Projekte Arbeit），从选题到去图书馆查阅资料、阅读著作书籍，到写出论点鲜明、观点独特的论文，然后在课堂上做报告，这些都要自己独立完成或者以小组分工合作的方式进行。这样的学习方式，必然要求学生课外要进行大量阅读，进行深度的思考感悟，同时又不被权威所约束，能用自己的想法去阐述。

小书迷艾米尔每周读完四本书，博览群书使他的知识面特别广。

此外，老师还会专门布置读书作业，每个学生要介绍一本书。首先学生得花时间找来一本书认真通读，然后在课堂上讲述其作者、时代背景、故事梗概并朗读一段自己认为精彩的片段。通过这样的作业，学生们不仅精读了一本书，同时还会了解很多其他同学介绍的书，并产生阅读它们的兴趣。

社会促进青少年阅读的读书项目

德国人认为，大量经常性的阅读，能够使青少年更好地掌握读书技巧，迅速提高理解能力和思考能力。他们认为，与课余时间只看电视或玩电脑游戏的孩子相比，阅读爱好者会更广阔更深刻地了解世界，词汇量丰富，其语言表达能力、思维能力远胜过不爱阅读的人。引导学生广泛阅读、勤于思考是校方和社会共同的责任，为此德国各级政府和社会各界（比如各种阅读促进基金会、读书协会等机构）投入了相当大的财力，做了很多的工作。

我查阅了很多资料得知，“阅读促进”是德国社会的一种教育措施，其目的不仅是帮助提高青少年的阅读识字能力，更重要的是培养他们的读书乐趣，并使他们从阅读中获取丰富的知识。“阅读促进”为学生提供各种各样的帮助和奖励，以促进他们的阅读量远远超越学校教学要求的标准。

ANTOLIN 是个致力于推动学生阅读的网络项目，由学校、教育机构和图书馆共同实施。在这个网站上，按年龄段和类别列出了很多适合青少年阅读的书籍和启发思考的提问。愿意参加这个读书项目的学生可以通过班主任老师报名并在网页上注册自己的读书账号，每读完老师或网页上推荐的书籍后，可以在网上回答关于这本书由浅入深的各种提问。回答正确会立刻得到网络打分并自动积累，年终达到一定积分的学生将得到这个项目机构颁发的阅读证书。资深书友还会得到读书基金会的邀请，参加各种有趣的大型读书活动并得到相应的奖励。

ANTOLIN 在青少年中非常流行，据实施这个项目的德国施罗德尔（Schroedel）出版社统计，北威州有几千所中小学校参加了这个阅读促进项目。截至 2013 年 5 月，在德国、奥地利和瑞士三个德语系国家，有 210 万中小学生参加了这个项目，阅读了项目提供的五万多本带有趣味提问的儿童读物和青少年文学，回答了超过一亿三千七百万个问题。另据资料介绍，德国约有两千多个各种程度各种方式的阅读促进项目，而且很多学校也设有自己的读书项目。

德国社会对青少年阅读的重视和促进是多方面和深层次的。很多报刊参与了鼓励青少年读书写作计划，他们提供版面专门刊登学生的投稿，使通过阅读

Holz
Deko
KONTINENTE AUS DER VOGELSCHAU
Die Große Rezession
Piper
HANSER
JO NESBØ
ullstein
ullstein

产生写作兴趣的孩子们都可以将自己的文章变成报纸。德国图书贸易协会、读书基金会及社会各种读书爱好者社团经常举办读书会及读书比赛，任何人都可参加，学生甚至可以“逃课”去读书。我儿子中学时就去参加过读书会，因为可以不上课。

2004 年，德国读书基金会和著名的《时代周刊》杂志发起了“全国读书日”活动，2011 年德国铁路也加盟其中。每年 11 月举行的全国读书日，任何有兴趣的人都可以报名申请担当志愿者，在学校、幼儿园、图书馆、编辑部甚至火车上或步行街上，为别人读书。2013 年第十届德国读书日有 10 万人自愿做了朗读者，热情的听众不计其数。如今全国读书日已成为德国最大的读书节日，极大地推动了全民的读书热情，并带动孩子们尽早进入书中的奇妙世界。

立在街头的书柜

在德国，普及阅读有各种方式。近年来，我在各地旅游途中，经常见到一种装满旧书的书柜亭子，立在街旁或街心草坪上。这是政府倡导的一种公益借书方式，书柜里的书刊都是居民捐献的，任何人都可从中拿走想看的书，或将自己看过的书捐出放进来，促使图书实现最大的阅读价值。我自己就是街头书柜的受益者，每见到一个书柜，我都会欣喜地翻找喜欢的书。去年，我们小镇中心也竖起了一个街头书柜。我想，等我这本书出版了，也放进去一本，小镇人至少能看懂图片。

德国社会以科学的态度对待阅读事业，以翔实的调查数据和科学论证为每个项目和措施的实施提供依据并检验其结果。德国“西南地区传媒教育研究协会”厚达 72 页的 2012 年度调查分析报告，统计出了全德国 12~19 岁青少年的

杜塞尔多夫市的街头书柜，这样的开放书柜遍布全德国任何地方。

课外媒介（网络、电视、手机、音乐、书刊等）使用情况：23% 的青少年每天看书，18% 经常看书；26% 的青少年每天看报，15% 经常看报；9% 的青少年每天读期刊，17% 经常读期刊。有意思的是女孩读书的兴趣明显高于男孩：65% 的女孩认为看书很重要，男孩的比例则为 45%。而不同年龄段的少年对阅读的兴趣也有所不同：12~13 岁的少年阅读率为 60%，是最大的阅读群体；14~17 岁为 52%；18~19 岁为 57%。读报的兴趣则随年龄而增长：21% 的 12~13 岁的少年重视读报；14~15 岁为 32%；16~17 岁上升为 52%；18~19 岁的年轻人更关注时事，此比率升为 60%。这里的阅读是指读课外书籍。

德国重视独立思考和深入阅读的教育方式，培养了青少年不迷信不盲从，知识面广，对事物有自己的判断能力。面对现代社会传媒渠道泛滥、信息传播

NEUES
HIER ZIEHEN

爆炸的现状，尽管网络占去了德国青少年最多的课余时间，但他们对信息和新闻来源的真实可靠性却有清醒的认知：平均 48% 的青少年更相信传统媒体报纸（文理中学学生为 55%）；22% 相信电视；只有 11% 相信网络（文理中学学生仅为 8%）。白纸黑字，传统媒体工作者的职业操守更受到信赖和尊敬。

广泛深入的阅读、独立思考式教育、从小出门旅行，使得德国青年人相对比较成熟，思维广，自信理性。我认识的马科斯等几个德国大学生在中国旅游时，美国窃听德国总理默克尔电话的事件刚被披露不久，有中国人亢奋地问他们对此怎么看？他们很淡定，表示不足为怪，各个政府之间都干这种事，互相监听，获取情报，就看谁的科技手段更高明了。他们毫不“愤青”，没觉得需要替默克尔打抱不平。

马科斯的双胞胎妹妹第一次来中国时，刚在上海下飞机就被黑车骗去好几百块钱。虽然她们辛苦卖菜挣钱很不容易，对黑司机拿钱掉头开溜的欺骗行为很生气，但她们并未由此对中国产生偏见，归结为中国人如何如何。这显示出她们的成熟和理性。

深入阅读，何时开始都不晚，但不能是心灵鸡汤说教式的阅读或各式指南的投机快餐。真正的阅读文化的形成，需要国家财政的长期投入、社会力量的踏实工作、科学有效的措施方法。当阅读成为国民不可缺失的生活内容和喜好时，就会对社会对民风产生无比强大的正能量。

德国历史教育篇——铭记在心才是最好的反省

德国人对二战深刻的自我认知

街上那块“绊脚石”

18 岁的维利将纯真的笑容永远留给了家人。

德国人对二战深刻的自我认知

公交车上的插曲

德国政府及社会对于二战的深刻反思、真诚忏悔和勇于承担责任，赢得了世界的尊敬和赞许。然而，相对于政界、文化界、媒体的广泛讨论以及文学和影视作品的呈现，我对德国民众反思历史的感知和触动，更多来自于日常生活和身边的人。

你若跟德国人抱怨德国不好，他们不会感觉伤自尊，更不会急红眼睛来辩解，反而可能认为你说得对。如果是你的误解，他们会心平气和地跟你讨论，

如果你坚持己见，他们会表示“我虽不苟同你的观点，但坚决维护你言论自由的权利”。

2008年，我带先生沃夫冈回国探亲时，去大连与多年不见的大学同学相聚。那天老同学陪着我俩游览美丽的大连城，在公交车上我和老同学忘情地聊着，沃夫冈安静地站在一边专注地看着街景，他很了解我的故土情结，尽量不打扰我们叙旧。校园岁月正聊得欢畅，突然过道对面的座位上有一位长者开口问我：“他是哪国人？”我怔住了，也许上车时长者看见我和沃夫冈说话了，认为我是他的翻译？

我平素很不情愿被素不相识的人打断聊天，但出于礼貌我还是回答了他。本以为已经满足了长者的好奇心，不料他居然兴奋起来，用整个车内都能听到的声音大声说：“德国人？那你问问他，对希特勒怎么看！”他的话音刚落，车内一片哄堂大笑，似乎找到了嘲弄这个老外的把柄。沃夫冈能听懂“德国人”这个中文词，感觉到了笑声是冲他而来的。我很难堪，不知怎么应付这个突如其来的场面，但纠结了一下之后我还是把那位长者的话原原本本地翻译给他听。车上所有人的目光都聚焦过来，等着看这个“德国鬼子”的笑话。沃夫冈没有任何尴尬、踌躇，认真而平静地简单回答：“希特勒是个邪恶的战争罪犯，他残杀了很多犹太人。”当我翻译完毕时车里一片沉默，人们的表情发生了变化，不知是因为沃夫冈的回答出乎他们的意料，还是他那纯净而诚挚的目光，让人都根本无法产生怀疑他在做“外交辞令”的念头。

沉静了一会儿，长者又提高嗓音说：“犹太人就是该杀，他们杀死了很多巴勒斯坦人，抢占人家的地盘，他们是坏人，当年希特勒就该把他们杀光。”他的跳跃性思维令我非常愕然。沃夫冈听完我的翻译后依然平静而坦诚地说：“这完全是两码事，当年希特勒杀害犹太人不对，现在犹太人进攻巴勒斯坦也不对，更不能因此而推论希特勒应该杀犹太人。”

公交车上的这一幕可能让很多在场的人受到触动，连我同学都在深思。他们亲眼见识了一个普通的德国游客对自己国家曾经的战争罪犯以及二战历史的清晰认知和真诚态度，尽管这段历史与现任德国政府及他这代人毫不相关。我已在德国生活多年，了解德国官方、文化学术界、媒体等对希特勒纳粹政府发动二战给世界人民造成的灾难进行着不断深化的反思反省，看到德国政府和德国整个社会为承担战争责任付出了巨大的经济赔偿，而且经常看到反映二战德国侵略其他各国及战败历史的影视书籍，但我从未将这些重大的历史话题与日常生活联系到一起，更不曾觉得与身边的亲人有何关系。公交车上的这件事，让我对沃夫冈刮目相看。

从那时起，我开始关注身边熟悉的德国人对于二战的态度，关注他们的父辈家人的亲身经历和受到的二战影响，开始和我先生深入谈论这些话题，了解普通的德国家庭所经历的那些苦涩的岁月。

维利和威廉

距我家百余公里远的艾弗尔山区，属于国家自然公园，是备受青睐的田园风光旅游度假胜地。但一百多年前，由于山多林密，缺少耕地，交通不便，当地人的生活比较贫困。沃夫冈的外婆就生长在那里一个有着 13 个兄弟姐妹的大家庭里，而她又是那种不大不小常被忘记是老几、常被疏于照料的孩子。于是当她有幸嫁到相对富裕的平原地区做主妇时，她发誓绝不重复前半生的缺憾生活，绝不早生和多生孩子。因此尽管她先生当时是邮局的邮差且属于有固定收入的小公务员，还有自己的房子，不愁吃穿，但她在 40 岁时才生了第一个孩子——儿子维利，45 岁时生了女儿，也就是沃夫冈的母亲。

小维利和妹妹在家门前合影（如今沃夫冈的母亲仍住在这栋老房子里）。

维利和妹妹

一战结束后的德国承受着沉重的战败国战争赔偿，资源被分割，经济发展被制约，加之全球性经济危机导致大量失业，通货膨胀，人民长期饥饿，使德国经济直接到了崩溃的边缘。在这样的困境时期，沃夫冈的外婆这个绝对少见的“计划生育”举措，加上他们夫妇辛勤劳作，在偌大的园子里种满了果树、蔬菜，养鸡、养鸭、养猪，使这个小家庭过着有房有地有食物的小康生活，一双儿女都上学受教育。

维利（左）及妹妹（中）与威廉（右）常一起玩耍。

平静的家庭生活一直延续到德国纳粹政权发动的第二次世界大战爆发。

1941 年希特勒下令与苏联开战，300 万德国青年被纳粹政府强大的宣传机器鼓动得热血沸腾，别无选择地满怀为祖国为民族而战的豪情应征入伍，其中就有刚满 18 岁的正在表店做学徒的维利和邻家一起长大的发小威廉。被征兵上过一战战场的维利父亲本是想让儿子学一手制表和修表的绝活，一生无忧，却不料战争再次到来，维利被送上了东线苏联战场的前沿阵地，从此杳无音讯。而终于熬过了恐怖的战争时光，望眼欲穿、心急如焚地盼望着儿子回家的父母，却最终只等来了政府的一纸阵亡通知书。1945 年 4 月，也就是二战欧洲战场停战前一个月，无情的子弹打穿了维利未满 22 岁的青春躯体。

我常常想象着，再有一个月就要过 22 岁生日的维利，倒在硝烟弥漫的异国战场上的那一瞬间，该是多么渴望回到家乡，躺在父母的怀抱中啊。

维利的同龄发小威廉，因当时正在职校学习电信通讯而被分配到通信部队当了通信兵，留在了后方。在残酷的战争中，他非常幸运，只是被子弹穿越了

裤脚，腿上擦破了皮。德国投降后，败兵威廉拖着形销骨立的躯体，带着战争的心理阴影回到了家乡。他没再从事电讯工作，而是继承父业，去经营本镇最大的企业——他们家族的乳制品工厂，成为了一个经验丰富的乳制品专家。

一起长大的发小，维利（右）和小他二天的威廉（左）。

住在我家对面的老威廉经常去我婆婆家说说话，他们从不谈及战争也不提维利。从小一起玩大的人只需一起坐坐，便可共同感受到那些逝去的过去，这种默契是蹉跎岁月的积累和沉淀。老威廉夫妇很有修养，谦和文静，尽管已到古稀之年，依然衣着讲究得体，彬彬有礼，那种自然流露出的温文尔雅，让人舒心。老威廉是小街上唯一在世的二战老兵，充满好奇心的我几次鼓动先生带我去老威廉家聊聊，都被他以沉默不答不了了之。

有段时间我着魔似的喜欢上了石头，总在外面寻寻捡捡。一天，我在外面找石头时，遇见了散步的老威廉。自从他夫人突然离世，老威廉的身体明显迅速衰弱，已很少出门，遇到难得一见的他我很高兴。我向他展示着刚在森林里捡到的一块红色石头，告诉他，这块石头很可能是中国人称之为“鸡血石”的宝石呢。当然这不过是我的想象，鸡血石哪有这么容易捡到。阅历丰富的老威廉没有显露出惊奇也没有表示不屑，一如既往和悦地说："这种红色石头在德国也有特别的寓意，它的名字我一下子想不起来了。我们这里的地貌是冰川时期冰河运动推挤而形成的，所以这里有很多碎石。"他还说，他家里有一些带孔的"奇石"，是他在海边度假时捡来的，他请我有空时去看看。

威廉用海边捡来的小贝螺做的粘画。

于是我终于有机会走进老威廉的家。他的家整洁讲究，与他本人一样透着优雅气息。在花园里我看到了老威廉的"奇石"，那是用细绳穿起来的一串石头，石头本身并不出奇，独特之处在于每块石头都有一个天然的孔洞。威廉夫妇特别喜欢安静的丹麦法诺岛（fanoe），曾五次去那里度假，这些带孔的石头就是他们在小岛海边捡来的。威廉猜测，石头上的孔洞是海水冲刷侵蚀而形成的。观赏完了他的穿孔石，我小心翼翼地把话题引向了二战，这是个对于老一代德国人颇为沉重的话题。不知是他耳背没听清还是不愿提及，老威廉始终不接这个话茬，但他后来去地下室取来了老相册，让我喜出望外。虽然当年几乎所有德国家庭都被卷入了战争，可是70年过去了，很多当年活下来的士兵都已作古，加之这是个让德国人无比难堪的伤痛，没人愿意向外人展示自己"德国鬼子"时期的照片，我算是个幸运儿。

可能因为威廉当年在通信部队，才有可能拍下很多照片并留下来。征得他

的同意后我翻拍了好多他二战时的军旅照片，看着这些比电影镜头更真实珍贵的历史照片，有种说不出的异样感。照片中那英气逼人的帅哥让人恍惚，实在无法与眼前这个衰弱的老人联系在一起。胜者，败者，都同样抵不住岁月的无情消磨，而他们的大半生，内心都在承受着被希特勒极权政治洗脑成为纳粹战争工具的折磨。

我将威廉的故事写出来发在了德国《华商报》上，并通过他的女儿把报纸送给了他，再没去打扰他。一年后，90 岁出头的威廉平静地走了。被二战分离了大半个世纪的威廉和维利，终于可以在天堂相聚。

反思战争的教育理念

德国在世界近代史上曾扮演了极不光彩的角色，是两次世界大战的始作俑者，尤其纳粹德国发动的第二次世界大战给世界各民族造成深重的灾难，也将德国拖入绝境。

德国人对于自己国家的近代历史掺杂了两种复杂的情感，有自豪有愧疚。在纳粹（国家社会主义工人党）时期，希特勒疯狂的爱国主义和日耳曼民族优秀论的宣传，以及仇视外民族的论调，煽动起德国人狂热的爱国情绪和民族优越感，为祖国为民族而战的极端信念，使大多数民众陷入盲目的崇拜和失去理性的追随。残酷的二战将世界拖进了灾难的深渊，德国本身也有 600 万人成为炮灰，国土一片废墟。

经过战后长时间不断深化的反思认知，他们联系自身，真诚地忏悔德国的侵略罪行，承认二战中的民族责任，而不仅是推托过错于希特勒及纳粹政府。为坚决杜绝纳粹思潮再次卷土重来，德国以立法的形式禁止一切有关希特勒言论的传播，希特勒的国家社会主义工人党被坚决取缔。

在战争结束初期的几年里，德国社会对于二战的认知大多都停滞在自己是战败者的层面，自我反思仅局限于学术界范围内。直到上世纪60年代初，大量屠杀犹太人的残酷罪行陆续被揭露，德国民众才逐渐了解到纳粹政府的所作所为，开始了自省认罪的转变历程。尤其是1963年长达两个月的审判奥斯维辛集中营中下级纳粹分子的“法兰克福审判”，深深触动了德国人，使他们开始反思二战期间的罪过和普通人应该担负的道德责任。1970年，联邦德国总理勃兰特在波兰犹太人死难者纪念碑前跪下，表达德国真诚的致歉和对二战的忏悔，从此德国社会从政府到民众都主动承担起责任，为过去纳粹德国犯下的侵略罪行赎罪。德国人的深刻反思和实际行动赢得了全世界的谅解和尊重。

德国人从战争废墟瓦砾中站了起来，用智慧和力量全心全意地投入到重建国家的行动中去，发展经济，提高民生。他们不再崇尚军火武力，珍惜和平生活，注重普世价值观，并将这种价值观赋予实践，每当世界各地发生自然灾害或战争灾难时，德国总是捐款捐物最多的国家之一。德国人也不再高喊爱国口号，不再宣传民族强大，而是更趋于理性。他们将祖国、国家、政府、政党拎得清楚。祖国是永恒的，政府是替换的，甚至连国家都是会在不同历史时期发生变化的，现在的德国是二十多年前东德西德两个国家重新合并而成。政党是由政治信仰相同的人群组成的政治团体，政府则是由不同党派执政的国家管理机构。国家强大并不一定代表人民富裕，带领人民走向国富民强的民主政府，自然会受到民众的拥护，反之将会被人民抛弃。监督政府，批评政府官员，是人民的权利和责任，是避免极权统治的基本保障。德国人对政治家的要求有着强烈的“洁癖”，甚至“吹毛求疵”，容不得一丁点过失。德国媒体更是伶牙俐齿，以监督政府、揭露腐败为己任。

2015年是二战结束70周年，德国社会纷纷举行各种形式的纪念活动。德国

总统高克来到北威州一个纳粹时期的战俘营，和民众一起悼念埋葬在此的苏军战俘。高克总统承认说，几百万苏军战俘被德军残害致死，这是二战期间德国犯下的最大罪行之一。这是德国元首第一次在当年的战俘营公开谢罪，并再次强调德国人要敞开内心，正视那些不愿接受的残酷事实，更深入全面地反思历史。

沃夫冈是德国战后出生的一代，上世纪 60 年代他上小学时正值德国社会公开广泛讨论德国的二战罪责。西德中小学全面推行二战历史教育，教科书中以大量的原始资料和图片，让学生看清纳粹政权的本质。老师经常讲述纳粹大屠杀、强权统治和二战德国侵略史，学校、社会及文化媒体都向学生推荐有关反战的小说和影视作品，组织学生参观相关纪念馆和展览馆，请大屠杀的幸存者讲述亲身经历，并就“为什么许多德国人看到迫害犹太人而不出来阻止？”“我们是否要为保全自己的性命而容忍纳粹的罪恶？”“假如一个政府是建立在非法的基础上，那么作为个人该如何对待？”等等类似题目，联系自身展开讨论，帮助学生认清纳粹政权的反人类罪行，认识民主社会的价值和人类平等的理念。让他们知道，对惨绝人寰的大屠杀袖手旁观，对被伤害的人无动于衷，实际上也是违反人性的，也是一种犯罪。培养年轻一代学生反对错误的勇气和良知，让他们坦诚面对历史，勇于承担责任。

在这样的教育理念下长大的德国战后一代，对纳粹罪行有着深刻的了解，对于父辈参与侵略战争有着清醒的反思和负罪感，我在沃夫冈身上感受到了这些。沃夫冈母亲家里有张沃夫冈的舅舅维利参军时拍的照片，照片上那双清秀的眼睛透着天真和憧憬，英俊的面颊甚至还没褪尽婴儿肥。当时没人能料到，这张孩子气十足的照片竟成为了他人生的最后定格，他的生命靓影永远停滞在了 18 岁。

看到这张照片我明白了，沃夫冈不像父母很像舅舅。婆婆见我喜欢就将这张照片送给了我，现在就摆在我家的书架上。有一次我对沃夫冈说："你很像你舅舅。"沃夫冈沉默了一会儿说："小时候别人说我像舅舅，我很不高兴。"我心里诧异，他舅舅长得多帅啊。后来我恍然，他为舅舅是德国兵是侵略者而备感羞耻，心里无法接受长得像他。

如果了解到这些，就没有理由不相信沃夫冈在大连公交车上的那些话是发自肺腑的。虽然他不喜欢谈论这个话题，但只要有中国朋友或熟人问起，他都不会回避，都会认真而坦诚地答复。

以前常有国内的朋友问我是否害怕德国的排外新纳粹，说实话，我从未害怕过。一来不曾亲眼见过，二来每当有新纳粹或右倾势力出来进行排外游行或破坏活动，就会有更多的德国人站出来坚决抵制。拒绝新纳粹思潮，是德国主流社会不容动摇的坚定信念。

1992年，德国发生过新纳粹分子烧毁外国难民营事件。那时我刚到德国一年，对德国不甚了解，德语只会讲几句。那天，当时居住的城市社区一向安静的广场上突然人山人海，社区民众自发集会声讨新纳粹分子，他们很激愤，不少人上台发言，以我当时的德语水平根本听不懂他们在讲什么，可是当我走进广场时，却有素不相识的德国人真诚地跟我握手问候，以表达他们支持民族融合、反对排外的态度，颇让我受宠若惊。那些天，德国电视新闻天天报道各地纷纷举行反新纳粹烛光大游行的实况，全德国有近三成的民众参加，其中还有许多经历过二战的老人。

德国人不仅将牢记历史教训不忘战争灾难记录在书刊影视、展览馆、纪念碑上，更是将此融入日常生活中。在我们小镇每周六中午12：21时，凄厉的防空警报声会在上空响起，不知道的人会很吃惊，不知发生了什么事故。这个警报就是为了提醒人们时刻不忘战争灾难，不能让恐怖的战争再次笼罩人类。搬进小镇近20年，听了警报声也有近20年，无须说教无须口号，警笛声潜移默

化，使我每当在新闻里看到任何国家发生战乱、发生民族冲突时，都感到痛惜。而伴随着警报声长大的德国人，维护和平的信念更加深入。2003 年伊拉克战争爆发，当时的德国总理施罗德顺应民意坚决抵制出兵伊拉克，并拒绝提供任何军事支持，因而赢得民心，再次在大选中连任。

在德国很多城镇乡村的步行街橱窗里、老建筑前或街心公园的小路旁，人们都可以看到一组组注有街名及拍摄时间的二战期间的老照片，照片上是此地被炮火夷为废墟、满目疮痍的情景，令人触目惊心，难以置信。这些真实而残酷的历史镜头的收集展出，很多都是当地的民间协会例如历史协会、家乡协会等所为，他们认为自己有责任提醒下一代人，不忘战争灾难，珍惜

二战中这条古街被彻底炸毁。

我在上图同一地点拍下了今日街景（战后当地人按原貌重建了家园）。

和平生活。

我们小镇中心的大教堂前有一块特别墓地，整齐地排列着在一战和二战中丧命的本镇人包括战死疆场的士兵的名字碑，还有在炮火中失踪的人的名单碑。每年的战争纪念日，小镇人都会送上花篮燃上蜡烛，哀悼追思。人们用这样的方式默默怀念着生命被战争戛然而止的亲人，寄托哀思，铭刻教训，永远维护和平。

镇教堂前建有战争死难者纪念碑，2015 年 4 月，维利舅舅命陨战场 70 年，我们在他的名字碑前点燃蜡烛，为他照亮回家的路。

艺术家德姆尼希先生为被杀害的霍尔特市犹太居民铺设绊脚石。（霍尔特市政府供图）

街上那块“绊脚石”

街上的铜砖块

一个明媚的周末，我们一如既往选择了一个古镇闲逛。就在我们不时低头观赏老街上那些艺术品般的下水道铁盖上刻画着的本地标志性古建筑时，突然发现地上有几块刻有名字和日期的铜砖块，且日期均在20世纪30~40年代。有的地方只有一块铜砖，有的地方是几块铜砖的组合，其共同点是都铺在街边房屋的大门前或窗下。

这是些什么标志？铜砖块引起我极大的好奇，我驻足细看，只见铜砖上刻着：

这里曾居住着×××；

姓名×××；

出生日期××××；

于×年×日被驱除；

于×年×日被杀害。

我先生看完说，铜砖所对应的房屋里曾居住着一位被纳粹杀害的犹太族居民，或其他少数民族的人以及反对希特勒的德国政治犯，铜砖是为了纪念他们被残酷消灭的生命。自那时起我开始留意街面，后来在柏林、杜塞尔多夫、克雷费尔德等很多城镇乡村的大街小巷都看到了这种铜方砖。

铜砖绊住了我的脚步，吸引了我的目光，使我不由自主停下来，读下去。铜牌上有名有姓的男女老少恍惚间鲜活起来，他们从窗后探出笑脸，从房门里走出来，提着篮子或背着书包，就像街上来来往往的人群一样，生动而自然。然而，这幅充满生活气息的画面，瞬间就被那残酷的1942年毁灭。每读一块方砖，都会引起我一阵悸动和一段恐惧的联想……

是谁立的铜砖？为什么？牺牲者的信息从何而来？我不再满足于只读铜砖，而开始查阅资料，寻找答案。

希特勒的种族灭绝

关于犹太民族我问过先生沃夫冈：他们是否持有外国籍？是否是寄居在德国？还是像我一样，一眼就能看出是外国人？沃夫冈说，不是的，犹太民族是

生活在德国的一个少数民族，他们祖祖辈辈的家园就在这里，甚至很多人从外表上很难看出不是德国人。但他们有自己的宗教信仰和教堂，并且在市政户籍登记上注明有民族及信仰。这些都使纳粹政府很容易查证并掌握犹太人的根系。

1933 年上台的德国纳粹党魁希特勒有着疯狂变态的种族主义和反犹意识，他认定雅利安人（日耳曼民族）是最优秀的人种，犹太人则是邪恶的根源。纳粹政府竭力宣传犹太人的劣迹，剥夺犹太人的公民权，严禁德国人与犹太人通婚。后来发展到驱逐犹太民众出境或将他们押解到集中营。1941 年，纳粹政权开始策划对犹太民族的种族大屠杀，由党卫军保安处与秘密警察特别行动队秘密进行。许许多多世代比邻而居的犹太家庭，凭空消失掉。1942 年，纳粹秘密警察头目及政府高级官员举行会议，通过了从肉体上彻底消灭犹太人的“最终解决犹太人问题”的决议。在奥斯维辛集中营和特雷津集中营等地犯下使用毒气室、焚尸炉成批屠杀犹太人的人性沦丧的罪行。据纽伦堡国际法庭公布，约 600 万犹太人被“最终解决”。他们的“罪名”仅仅因为是犹太人——世上千万个民族中的一个。

民间艺术家的壮举

铜砖有专门的名字叫 Stolpersteine，意为绊脚石，是德国科隆艺术家冈特·德姆尼希（Gunter Demnig）的艺术壮举。从 1990 年起他便发起了“绊脚石”项目，旨在为在德国国家社会主义时期所有被纳粹政府谋杀、驱逐和逼迫自杀的人，包括被纳粹认定为劣等民族的犹太人、吉普赛人和其他少数民族的人，还有被纳粹认定为劣质或信仰“邪教”的德国人，比如同性恋者、具有精神障碍或肢体残疾的人等，为这些曾经在集中营里被编号关押的纳粹受害者们正名。当人们弯腰阅读绊脚石上的文字时，也是对一条被残害的生命象征性地鞠躬。德姆尼希认为，绊脚石比那些集中式的纪念碑更有意义。曾有位小男孩问正在街上铺设铜砖块的德姆尼希：绊脚石是否真能把人绊倒？德姆尼希回答他说：不会的，它只会把路人的心绊住，让他们将不该忘却的历史代代铭记。

德姆尼希于 2000 年获得了政府的许可，开始在德国各地街上铺装“绊脚石”，如今已有超过五万两千多块绊脚石被安放在德国各地和欧洲各国，成为世界上最大的非集中式的民间纪念碑。这些生命绊脚石，把 70 年前受害者的名字带回了他们的家园，让他们的灵魂有了寄托之处。绊脚石项目多次获得各种奖项和经济资助，被赞誉是很大的贡献和功绩，因为它们让德国人一次又一次被

2015 年 4 月 27 日，霍尔特市市长克劳斯·克莱恩库恩先生在为本市曾经的 14 名犹太居民铺设“绊脚石”时发表讲话。（霍尔特市政府供图）

纳粹的罪行牵绊，让德国人保持对受害者清醒的记忆。

“绊脚石”铭记邻居

前不久，我们附近一所中学的14名中学生在老师的带领下开展项目，调查附近城市在纳粹时期被杀害的居民相关的历史真相。他们查阅了大量历史档案，走访了很多专家学者，将调查研究结果整理制作成了小册子，并募捐集资到1000欧元，立项为死难的犹太居民铺设“绊脚石”。这个学生调查项目受到了霍尔特市政府的支持，并由他们承担了剩余的铺设资金。

阅报得知，在本市铺设绊脚石的工作正好是在我读报的前一天完成的，我很后悔晚了一天才得知此消息。我随即跑到那几条街去看绊脚石并拍照，同时给市长写信询问。很快，市长克劳斯·克莱恩库恩先生给我回信，发来了铺设绊脚石的现场照片，还邮寄来了学生制作的小册子，并附上了一份曾在本市居住过的犹太人名单。在这些资料中，我得知共有47名犹太人在这里生活过，其中最早的于1813年出生在此地。一百多个漫长的春秋岁月，德国早已成为他们的家乡。可是希特勒认为，只要祖上是犹太人，只要有犹太血统，都得消灭。

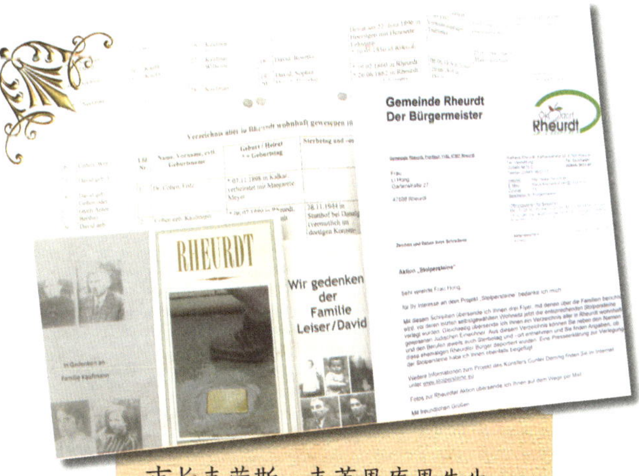

市长克劳斯·克莱恩库恩先生写来热情的回信并寄来了学生制作的小册子及曾在本市居住过的47名犹太人的名单。

居住在阿德克克街的戴维德（David）夫妇和女儿女婿希尔曼（Seelmann）夫妇，死于集中营。

居住在市政厅街 27 号的莫兹·戴维德（Moses David）和女儿女婿莱泽（Leiser）夫妇及 3 岁的外孙，死于集中营。

阿德克克街上这五块绊脚石是为犹太人雅扣布·戴维德（Jakob David）一家而立。此家族自 19 世纪上半叶迁进本城，百余年来共有 17 口人在这里生息劳作。1865 年出生在此的雅扣布·戴维德于 1942 年和妻子一起从家里被驱赶到特雷津集中营（捷克），价值一百多万帝国马克的家产被掠夺，最终死在了集中营。和他们住在一起的女儿女婿被驱赶到波兰集中营，后被扔进令他们终日万分恐惧的焚尸炉里。只有 18 岁的外孙女逃到了英国，但最终也因一路惊吓、流离失所而病亡。

市政厅街 27 号，是另一个戴维德家庭——莫兹·戴维德（Moses David）和女儿女婿莱泽（Leiser）的温馨家园。他们生于此长于此，与街坊和睦相处，是当地各个协会的活跃分子。纳粹时期，畜牧业商人莫兹·戴维德（Moses David）被莱茵畜牧业联盟开除，因此失业。1938 年 11 月，他们房内的楼梯被捣毁，家产被抢走，甚至连朋友及与他们有密切联系的人都受到牵连。1941 年莱泽夫妇和他们 3 岁的儿子小汉斯从家里被驱赶到波兰集中营，1942 年戴维德和兄弟姐妹们一起被驱赶到捷克集中营，最终都被处死。市政厅街 70 号，这里曾住着考夫曼（Kaufmann）一家四口，这个家族是最早居住于本地的犹太人，1942 年全家死于波兰集中营。

嵌在熟悉街道上的崭新的铜砖在蓝天白云下反射着耀眼的金色，70 年前这

居住在市政厅街的老人告诉学生们，曾住在70号的考夫曼（Kaufmann）一家四口是他的邻居和朋友。（霍尔特市政府供图）

里发生的黑幕，在鸟语花香的宁静时光中渐行渐远，脚下的这些绊脚石将提醒一代代人“对抗遗忘”，同时，它也是一种告别仪式，为那些没有墓碑的曾经的街坊邻居们。

（注：这部分内容于2015年5月8日写于二战结束70周年）

后记：按霍尔特市市长克劳斯·克莱恩库恩（Klaus Kleinenkuhnen）先生和艺术家冈特·德姆尼希先生的要求，我将登载我写的“绊脚石”文章的那期德国《华商报》分别邮寄给了他们。市长先生非常高兴，回信告诉我，这是他第一次看到中文报纸，从照片上可以看出这篇文章在讲述着“绊脚石”的故事，他说，他女儿刚刚结束了在中国8个月的实习工作，也许女儿能翻译出我写的文章。他还说将会把我给他的相同的另一份报纸寄给实施这个深有意义的项目的中学生们。

德国精神传承篇——德国大学生联盟的百年骑士风范

阳刚气贯双堡城

魏因海姆探秘之旅

世代承袭的骑士之道

自 1864 年开始，每年父亲节的四天假期里，魏因海姆大学生兵团的成员都聚集于魏因海姆小城。

阳刚气贯双堡城

 魏因海姆的守卫城堡

德国大学生联盟创造了脍炙人口、流传世界的口号：我为人人，人人为我！

在德国巴登-符腾堡州（Baden-Württemberg）内卡河与莱茵河交汇之地，有一座美丽的古镇叫魏因海姆（Weinheim），意为葡萄酒之乡。魏因海姆与德国历史名城海德堡和曼海姆构成一块绿色三角地，德国古堡之路（Burgatrasse）、山峦之路（Bergstrasse）、巴登葡萄酒之路（Badische Weinstasse）等多条德国深度旅游线路在这里相交汇，成为受人喜爱的旅游度假地。魏因海姆因山上有两

座古堡而得别号——“双堡城”。

德国是古堡之国，山峰水泊、古镇原野，古堡几乎无处不在。这些古堡或古堡废墟无一不记录着中世纪以来地方诸侯割据、达官贵族演变的复杂历史。但魏因海姆城双堡之一的“守卫城堡（Wachenburg）”却是个例外，它与贵族争斗及奢华毫无关系，它只刻载、传

魏因海姆小城与山上守卫城堡刻载传承着WSC的历程和使命。

一年一度的魏因海姆聚会全体成员大游行即将开始。

承着传统的德国大学生联盟 Weinheimer Senioren - Convent（WSC）的历程和使命。每年父亲节的四天假期里，雄伟的守卫堡都会敞开大门，迎接身着传统联盟骑士制服的联盟老少成员们。他们从全德国四面八方赶来，聚集在这里，举行庄严的阅兵仪式，举办壮观的火炬大游行等，开展各种隆重的传统庆祝活动。

2013 年是 WSC 联盟成立 150 周年及守卫堡建成 100 周年的特别年份，我有幸全程参与了 WSC 联盟于 5 月父亲节期间在魏因海姆古镇举行的系列庆祝活动，近距离接触到一个不曾见过的、充满阳刚之气、贯穿着骑士精神的男性团体，见识了鲜为人知、更不为外国人所了解的德国传统大学生社团的真实世界，开阔了眼界，收获丰硕。

“我为人人　人人为我”

今天，在德国许多古老的大学校园里，仍然活跃着一个个传统的大学生社团组织——Studentenverbindung，中文译为大学生联盟。据介绍，目前

在德语语言区域存在着依据志趣爱好不同而结盟的13种大学生联盟，最大的是天主教大学生联盟，其次是大学生兵团（Corps），第三是大学生兄弟会（Burschenschaften，极端民族主义的学生社团），每种类别下都有多个独立的联盟总会，下设有很多分会。这些大学生联盟与现在的大学学生会完全是毫无关系的两种组织。

18世纪的德国，其高等教育远不似今天这般普及，绝大多数年轻学子必须远离故乡，异地求学。为解乡愁，大学校园里各种同乡会应运而生，来自同乡的大学生们自发地组织起来，互帮互助建立友谊，并以体现骑士风度、勇敢精神的击剑运动为时尚。这些同乡会就是大学生联盟的前身。

中世纪的德意志神圣罗马帝国，不过是个雄伟的空架子，真正大权在握的是几百个各自为政的小邦，处于地方势力割据、选帝侯和大小诸侯分治天下的局面。

进入18世纪，思想前卫、血气方刚的大学生们强烈渴望国家完整统一，他们将这种“至少在大学里实现未能在全国达到的统一”的理念首先付诸大学校园，将各个大学的各种同乡会实行大联合，于1800年成立了全德国大学生联盟。到了19世纪，大学生联盟迅速发展壮大，成为影响力很大的学生社团组织。当时最强大的诸侯国普鲁士王国的铁血宰相俾斯麦以及德国末代皇帝均是大学生兵团成员。

大学生兵团（Corps）早于18世纪末就制定出了会员守则和严格的惩罚制度，还有秘密的拉丁文身份符号标志。此外还规定了兵团制服及佩带、旗帜的颜色等，建立了非常全面具体的兵团体制。这些具有德国理想主义民主结构的规章制度和严明纪律，为大学生联盟的发展壮大及传承，奠定了重要的基石。

1813年德国反法战争爆发，热血沸腾的大学生联盟成员立志保家卫国，他们纷纷从各地汇集于普鲁士王国少将阿道夫·冯·吕佐夫麾下，组成抗法主力军，投身战役，为赶走拿破仑解放祖国作出了重大贡献。

大学生联盟的生机力量和致力于建设一个以自由和民主为基础的国家的先进理念，对于当时的德国产生了积极的影响，推动了社会进步。他们希望自己制定的民主会员章程，能够促进产生一部让人民享有自由权益的国家宪法。他们提出的口号“我为人人，人人为我”深入人心，广为流传。他们制定的黑红黄三色标志，后来成为了德意志联邦共和国的国旗。从普鲁士王国到如今现代科技社会，德国各领域很多知名领袖人物、政治家、著名科学家、实业家和名人，都曾是大学生联盟的终身成员。那时候大学生都以加入联盟为荣。工业大革命时期，1860年创建德国工会、1871年重建德国社会民主党（SPD）的重要核心人物、中国人引为革命导师的马克思，还有威廉·李卜克内西和费迪南德·拉萨尔，他们都是大学生兵团成员。

至今，作为致力于人与人之间友好互助的纯民间组织，大学生联盟仍活跃在各大学校园，其成员都为终身制。他们仍沿袭骑士风度的传统，为能成为其中一员而感到自豪，并将其珍视为荣誉。

魏因海姆博物馆陈列着 WSC 大学生兵团 58 个分兵团的制帽。

大学生兵团联盟

德国有两支兵团类（Corps）大学生联盟，其中之一叫魏因海姆大学生兵团（缩写 WSC），旗下共有 58 个分兵团，分布于亚琛、克劳斯塔尔、斯图加特、海德堡、柏林、德累斯顿、慕尼黑、哥廷根等 23 所科技类大学，几乎涵盖德国所有古老高校。58 个分兵团各自都有自己的名字、徽章、字母标志和特别的三色佩带、制服、帽子。这些差别微乎其微的标志、色彩和装束，常让外人眼花缭乱，但成熟的兵团成员从对方的穿戴即刻就可辨别出对方所属的兵团及级别。

魏因海姆大学生兵团联盟于 1863 年 4 月筹建，于 1864 年确立魏因海姆古城为兵团联盟的根据地，每年父亲节四天假期都定为全体兵团成员开会、阅兵、游行和聚会联谊的日期。这个规定一直被遵守了 150 年，延续至今。

1907 年，兵团联盟在魏因海姆山上开始建造自己的大本营——守卫城堡，所购城堡用地以及所有建造经费全部由兵团成员捐助，设计师也是本兵团成员。从此，这座耸立于魏因海姆山上的肩负着特殊使命的守卫城堡，就成为兵团成员心中的圣地，象征着他们的尊严和荣誉。百年来，一代又一代的兵团成员将魏因海姆大聚会当成一年中最重要的日子和最盛大的事件，从青春挺拔到白发

魏因海姆大学生兵团联盟的根据地“守卫城堡”

沧桑，魏因海姆古城深情地记录下了他们一生的英姿和足迹。

德国大学生联盟曾在二战期间被迫中断，希特勒政权不容许其他团体存在，以民主自由为根基的大学生联盟曾以不屈服来对抗政府的强行收编，结果遭到取缔禁止而被迫解散。经历了残酷的二战，剩余的老成员们多方奔走，又将大学生联盟恢复起来，并发扬光大。起源于德国东部弗赖贝格（Freiberg）大学的老日耳曼亚琛工大大学生联盟（Corps Palaeo Teutonia zu Aachen）分兵团，比起其他兄弟兵团更多了一份磨难，于原德意志民主共和国时期（即东德）又被政府禁止。成员们用尽智慧和胆量，将兵团锦旗等珍贵文物分头掖藏在衣服里，偷带到了西德，才在亚琛工业大学重新建立了兵团总部。

站在守卫城堡上向下俯视看到的全景

魏因海姆山上的守卫城堡门楼上挂着 58 个分兵团的徽章。

魏因海姆探秘之旅

谦和低调的优秀品质

2013 年 5 月 9 日父亲节，我们夫妇驾车第一次驶进魏因海姆，想象中成百上千阳刚男儿聚集的热闹场面并没有出现，魏因海姆城沉浸在德国假日惯有的宁静中。直到驶近通往山上古堡的山脚下，看到几位身穿兵团制服的大学生兵团联盟（WSC）的学生站在临时设置的栏杆前指挥着来往车辆，我才感到，探秘之旅将从这里开始了。

这是兵团大型聚会繁多筹备工作中的重要一项。由于山上古堡停车场地小

新成员参观守卫城堡集会大殿。

加之山路弯曲狭窄，易造成拥堵，故这四天所有车辆在此禁止上山，而由活动组织者临时租用出租公司的小面包车队负责免费运送兵团成员、参加活动的嘉宾及游人到山上古堡去。

值勤的兵团学生们耐心地指点着不知所以然的我们，等待上车的兵团学生们谦让孩子和女士们，让他们优先，坐满青年人的车里没有亢奋的喧哗。我很快察觉到，这些被兵团制服衬托得格外英武帅气的学生们，丝毫看不到伴随着新科技长大的80后、90后大多所带有的那种对世界满不在乎的神情，他们阳光朝气的脸上，满是彬彬有礼与谦和低调。

WSC基地——守卫城堡的高大门楼上，整齐地排列着WSC旗下58个分兵团神秘的缩写符号标志牌匾，格外引人注目。素日不对外开放的城堡聚集了很多兵团学生，他们分批由老成员带领着参观城堡，聆听兵团历史介绍。庄严雄伟的集会正殿、陈列兵团文物的地下室、铭刻着在普法战争及一战和二战中牺牲的兵团学生名单的追思殿、高耸的塔楼……守卫堡完整地展示着WSC大学生兵团的厚重历史和人文精神。我游历过很多古堡，相对而言，这里少了奢华与气势，多了神圣

聆听老成员介绍兵团历史。

与生机。

一个成员分散于全国各地的纯民间社团，经受住了漫长岁月的考验，世世代代传承至今，其强大无比的凝聚力和非同寻常的奉献精神、忠贞不渝的向心力，乃至历朝历代的认同与宽容（希特勒政权除外），使人们可以从中窥到一些德国民族的特性和品质。

遵纪守时是必需的素养

从城堡下来，我们赶往魏因海姆城中心的市政厅，准备参加兵团 150 年庆典的开幕式。一位兵团学生主动为我们引导带路，并为我们介绍开幕式活动，只是他的步伐越来越快，我们几乎跟不上他的脚步。他说，必须准时进入会场，迟到者将被罚款 500 欧元，这是规定。一个民间协会的活动，人们又是从全国各地远道赶来，年轻的参加者何以如此自律而信守规定，将守时视为己任？

在兵团 150 年庆典的开幕式上，大学生兵团向魏因海姆市捐赠 1000 欧元。

举行开幕式的市政大厅坐满了上百名各分兵团的代表，老者在前，学生在后，没有座位的学生安静站立于四周。没有熟人重逢的惊喜寒暄、交头接耳，没有缺乏耐性的起身出入。我看到多位年迈的成员，甚至有些已弯腰塌背，却依然正襟危坐。当兵团负责人以及魏因海姆市长等各方代表分别致辞时，会议厅里鸦

近千人入场队形整齐，秩序井然。

近千人的教堂追思会是兵团聚会最隆重的传统活动。

雀无声，我因不时起身拍照而使椅子发出的响声都显得格外刺耳，我都不好意思再坐下去。第三天在教堂举行传统的追思活动，上千人庄严肃穆，秩序井然。置身其中，经历过多次华人会议的我，对他们遵守公约的行为和自我约束的能力肃然起敬。

两周之后，我去采访一个由中国国内来的团体举办的一场邀请中国留学生参加的大型活动。几小时后，一些留学生甚至职场精英人士，跷二郎腿的、抱臂伸腿的、前仰后翻的……姿态各异。只有一位也来参加活动的华裔兵团学生，三个多小时自始至终保持规矩坐姿不变，尽管流汗不止，他的西装领带却不曾有丝毫松动，在一群东倒西晃的人群里格外醒目。事后我对这位华裔兵团学生表示赞赏，这个大男孩淡淡说了一句："没什么，习惯了。"

教养体现于素日培养出的良好习惯中。遵纪守时和自我约束是兵团成员必须具备的基本素养。成百上千的好动大男孩在这里集会，开怀畅饮、欢声笑语，却没有给当地居民的生活造成影响或带来麻烦。大街小巷到处是成群结队的年轻人，各餐馆酒店里外挤满喝酒干杯的男人，小城却依然秩序井然，干净整洁。

当朋友们喝酒欢庆时，两位纪检官（右一和右四）则负责检查违纪犯规行为，几天来滴酒不沾。

兵团大型聚会的繁多筹备工作中，另一项重要工作是组建一支纪检兵队伍，他们来自各分兵团，戴着蓝色执勤袖章，带着装有规章制度的文件夹，两人一组在自

己的管辖区内巡逻。当朋友们尽情地喝酒狂欢时，他们则负责监视违纪犯规的行为。为维护兵团规章制度的贯彻执行，他们心甘情愿做最辛苦的人。

兵团有着严格的着装规定，新生及未“出师”的学生须身着兵团传统制服上衣。通过了多次击剑对抗考试、资历深的学生和工作了的老成员则须身着黑西服戴领带。所有老少成员一律穿黑西裤黑皮鞋，斜挎兵团佩带及佩戴兵团制帽。然而还真有几个标新立异的学生特意穿着红、绿、黄的艳色裤代替黑西裤，对于这种不严肃行为的惩罚是每人罚款 150 欧元。纪检官毫不留情，罚款记名。违规者也不申辩，认罚交钱，为自己的“时髦举动”付出高昂代价。

以酒会友、以酒欢聚，可尽情喝、尽情醉，但须有酒德，不能失态更不能耍酒疯。还没有历练出自控力的新生难免会喝多失态，代价是根据情节轻重而罚款 100~300 欧元。我见到一个喝多了的大男孩，虽然被几个朋友搀扶保护着仍然摇摇晃晃站立不稳，甚至因碰到了别人被老成员教训。纪检官上前尽职，罚款 150 欧元。醉酒失德同样为兵团所不容，严格的制度必须遵从。

在兵团成员章程和严明纪律的规范下，在集体和老成员的监督甚至批评之下，尤其经常接受大多身为高级知识阶层或者高级管理阶层的老成员的熏陶，年轻成员终将会造就出彬彬有礼、律己守德的行为举止。

“啤酒爸爸”和“啤酒儿子”

刚离开父母进入大学校园的年轻人就像初离巢的雏鸟，对新的环境感到兴奋好奇又陌生孤单、懵懂胆怯。但加入大学生联盟的新生会很快跨过这个阶段，融入到一个快乐的新家庭。因为联盟有一整套实用有效又很特别的体制：每位新生经过一段时间的接触，须认定一位老会员学生为“师傅”，当同时也得到

亚琛工大部分学生兵团成员，前五名着制服者为新成员，后四名身着西装者为老成员。后排右二资历最高，后右三、前右三均是他的“啤酒儿子”，前右一是其“啤酒孙子”，前右二是其“啤酒重孙”。

“师傅”的认可后，他们的关系就构成了兵团里最基本的单元——“师徒关系”。“师傅”的职责是帮助新入会的“生瓜蛋子”尽快熟悉协会的守则纪律和行为规范，且无论在任何场合，不知酒杯深浅的“徒弟”如果喝醉了，“师傅”要尽家长照料之责。这个特别的“师徒”建制关系在兵团里有个别致的称谓：“啤酒爸爸”和“啤酒儿子”。

德国传统家庭保存有“家庭树谱表”，相当于中国家庭的家谱。德国大学生兵团联盟同样有家庭树谱表。温馨的“啤酒父子”关系就相当于家庭中的父子关系，要正式记入兵团文档。我曾在老日耳曼亚琛工大大学生联盟（Corps Palaeo Teutonia zu Aachen）分兵团总部看到过他们挂在墙上的庞大的“家族树

谱表”。对于兵团成员来说，同根系的啤酒父、子、孙会成为终其一生的亲密伙伴，胜似亲兄弟。这也是吸引着那些老成员无论工作多忙或多么年迈体弱，仍要在每年父亲节的时候都奔赴大本营魏因海姆团聚的因素之一。

每年新生入学时，寻找住处是最让新生烦恼和奔波的大事。各个大学里的每个分兵团都有自己的别墅房产，除了会议室、办公室、聚会厅、练剑室等，楼上都设有学生宿舍，为新会员提供房租极优惠的住所。其实，很多人均因找房子才知道兵团的存在并入了兵团的门，但没人会因住房而迫不得已入会。新生经过一年试用期后才做最后决定：是正式加入还是退出。

新生入会也是有门槛的，须参加兵团讲座并做一次报告，还要通过初级剑术考试及兵团理论笔试，才能被接纳为正式成员。此时，试用期使用的两色佩带将更换成正式成员使用的三色佩带，意味着他有了初步的资历。

已经工作了的老成员，将按工资比例缴纳会费，这是兵团经费的主要来源。在公司任高管的老成员会经常为学生成员提供参观、举办讲座和实习的机会，帮助他们了解就业前景、科技前沿，帮他们开阔视野，增长见识。每年圣诞晚会，学生们也会毫不客气地向各位掌握公司大权的“啤酒爷爷”、“啤酒太爷”们募捐礼物。学生时代坦然接受帮助、资助，就业之后尽己之力返还于别人。这是“人人为我，我为人人”最基本最切实的体现。

魏因海姆博物馆陈列有WSC大学生兵团联盟的著名人物介绍，我看到了德国汽车发明家之一、戴姆勒发动机公司创始人戈特利布·戴姆勒（Gottlieb Daimle）、欧宝汽车创始人威廉·冯·欧宝（Wilhelm Von Opel）、德国著名清洁剂和护肤品公司汉高（Henkel）第二代创始人胡戈·汉高（Huge Henkel）、奥托（Otto）品牌创始人奥托·阿佩尔（Otto Appel）等，还有很多我不熟悉的著名科学家、发明家、大公司或政府要员等等，都是这个联盟的成员。魏因海姆聚会上开怀畅饮的中老年成员中也不乏各世界驰名公司的现任首脑，在这里他们摆

这位来自西安的留学生彬彬有礼，谈吐成熟，他感觉在大学生兵团里收获很大。

脱了高位的拘束，和兵团成员们如老朋友般插科打诨，谈笑风生。

我特别关注到，兵团的年轻人中有几个华裔学生。比起生长于德国的移民二代们，其中有一位来自中国西安的留学生让我格外感兴趣，我与他深入地聊了很多话题。他说在西安时就听说过德国大学生联盟能给外国学生提供很多帮助，到克劳斯塔尔（Clausthal）大学留学后因找住房而入了兵团。无论当初动机如何，短短一年的经历使他深刻体会到，在这个大家庭里，成员之间兄弟般的真诚情谊，是一个外国学生在德国留学生活多年也无法得到的。他很高兴当初的决定使他能深深融入到德国同学之中，留学生活也因此变得丰富而充实。兵团活动会花费很多的时间和精力，当我询问这是否会影响到他的学习时，他说根据学习情况把握自己、掌握时间，是一个人应该有的能力。

我相信，不论他将来回国发展还是留在德国，德国大学生兵团的特殊阅历都会使他的人生变得不同，会帮助他更好更深入地融入德国社会。

世代承袭的骑士之道

新学生当官　老学生监督

在校的正式兵团学生分两种：通过初级剑术考核的初级别成员和通过三级剑术考核、至少出任过两次军官的高级别成员。每个分兵团有三名军

每个分兵团有三名军官，站列保持武官位左，文官位右，主官居中。

由身着特殊礼服和配置的每个分兵团的三名军官所组成的仪仗队。 

官，即主官、文官和武官，文官负责所有文案工作，武官负责剑术训练，主官当然是总管。三名军官只由初级别成员担任，他们进入高级别成员阶段后就不再任官职。这是一直传承下来的制度规定。

在每年的魏因海姆兵团联盟大聚会上，由58个分兵团军官组成的仪仗队和阅兵式，永远是最威风最轰动的。特殊的圆帽白裤黑马靴军官制服，身披宽彩带、腰胯长剑，武官位左，文官位右，主官居中，他们在享受身为军官的荣耀与骄傲的同时，也体验着作为兵团成员的光荣与尊严。

当官是一种历练，除了荣誉更多的是责任。年轻的军官们担负着四天大聚会所有活动的筹划组织及实施，还负责组织筹划每年分兵团自己的各种活动、会议等。晋升至高级别的成员就不再担任任何官职，但有批评监督权力和选举权，其职责是指点和帮助初出茅庐的年轻成员。资历与官衔脱离，官位受到监督，这样就避免了腐败，避免了滥用职权，合理的章程保障了兵团的健康发展。

老日耳曼亚琛工大大学生联盟（*Corps Palaeo Teutonia zu Aachen*）徽章，竖书“我为人人、人人为我”，横书“勇敢与忠诚”。

这次魏因海姆大聚会结束后，老日耳曼亚琛工大大学生联盟（Corps Palaeo Teutonia zu Aachen）在每周例会上总结经验，三位年轻军官遭到了老学生成员们的强烈批评，被指责组织工作不到位，自身举止有违身份。他们可以为自己辩解，但理由被驳回后必须无条件地接受处罚。例会讨论的结果是：三位军官被免职，重新选举。

然而，他们三个年轻军官所受的处分让我忍俊不禁：两个被罚两周不许说话，一个情节严重的三周不许说话，同时须听从其他成员的差遣，不得违抗。想想看，活蹦乱跳的男孩子三周不能说话，要憋死人了。这种惩罚方式恐怕只有男孩子们自己才能想得出来。

兵团每学期进行一次军官选举，只要有责任心，每人都有机会。经过几年的历练，新成员会迅速成熟，能够掌握组织策划、联络外交等多种能力。而这些本领不但课堂上学不到，实习公司也不会提供这样的机会。

伤痕是男人的勋章

大学生兵团的剑法与奥运会的击剑比赛完全不同，是中世纪骑士决斗方式

魏因海姆博物馆展出的兵团剑术姿势模型

的延续和改进：两人直立面对面，左手背于身后，整个头部及身体均无防护，只有握剑的右手戴厚护袖臂。进攻方举剑从上方击向对方头顶，防卫者右手迅速挥剑护住头部，在身体绝对不能动的情况下挡住对方的剑。被击中不算失败，但任何躲闪、歪头、身晃、闭眼的动作均会被视为胆怯，判为输。

成员不论是在平时训练还是晋级考核，都不允许有其他观众或家人观看，学习剑术是为培养勇敢坚定、沉着冷静、反应灵敏的品格，而不是为竞争冠军，更无须欢呼喝彩。

基于健康理念，现在大多数兵团已取缔了向对方头部左侧出击的方式，只有少部分兵团还保留着。我在魏因海姆亲眼看到几个帅小伙的左脸上划着一道很长的伤痕，深为那英俊的脸蛋惋惜，但他们本人却引以为傲。这曾是兵团传统的审美取向。

随着时代的变迁，兵团的很多传统规定也在与时俱进，不断适应改进，但唯有不吸收女性成员的条文一成不变。因为以女士优先、保护女人为信条的兵团男子不能与女士举剑对抗。在魏因海姆，不论老少，兵团成员们都具有尊敬女士的骑士风范，那表情意味着真诚的礼让。脱帽致意的优雅风度，真让人恍惚，仿佛置身电影中的骑士时代，此刻作为女人，感觉十分受用。

在此，我想特别提示：在德国众多大学生联盟社团中，创建于1881年的德国大学生兄弟会（Deutsche Burschenschaften）属于另类，此社团的宗旨是只接纳纯德意志民族血统的成员。在社会高度国际化的今天，其极端的民族主义和排他性，不但被舆论斥为右倾，也招致内部一些思想自由的社团的反对。遗憾的是，于2012年召开的兄弟会全体大会没能通过关于将极右翼分子清除出去的决议，这个社团将继续右倾，同时也将面临分裂。

亚琛工大分兵团总部装备室挂着击剑训练保护用具。

火把游行

原本名不见经传的魏因海姆小城，因魏因海姆大学生兵团联盟的存在，平添了几分雅韵。在大学生物以稀为贵的上个世纪，能上大学的大都为家境富裕的优秀男子。小城虽没有大学，但每年可坐拥阵容壮观的大学骄子们，这般相女婿的天赐良机，丈母娘们怎能错过。所以，每年的父亲节对于魏因海姆远近有女孩的人家来说，无疑有着更深远重大的意义。方圆十余公里的准丈母娘们

这一家三口每年都来参加魏因海姆大聚会，当教授的父亲是老成员，刚成为新大学生的儿子是新成员。

纷纷携女前来，远道的甚至安营扎寨，目的就一个：为女儿相上个好女婿。

因而那四天里，魏因海姆不仅会聚集成百上千的英俊帅哥，也会招来成群结队的村姑美女。在异性暗送秋波的爱慕眼光的追逐下，英姿勃发的兵团男人们嘹亮的歌声格外气吞山河，整齐的步伐更加震天动地。百余年来，小城演绎了多少爱情故事，成就了多少美满姻缘，大概只有上帝知道了。

小城也因兵团聚会而经济繁荣。小城店家都很看重这个节日，尤其那些老字号的饭店酒家都成为了某些兵团聚会的固定据点，他们尽心提供美味可口的饮食、热情舒适的服务，使兵团成员们宾至如归。好多家传的老店几代主人都与兵团结下了深厚的友谊，就连打工的店伙计也都成了大学生们的好朋友。在魏因海姆时，我得知一位正与大学生们说笑的已怀有身孕的女子，当年就是这

魏因海姆这些百年老餐馆成为各兵团聚会的固定场所，窗上挂着各兵团的旗帜。

家饭店的小跑堂，后来即使嫁了人也仍然每年赶来与兵团成员团聚。

150 年来，魏因海姆大学生兵团聚会使当地的旅游观光业红红火火。父亲节周六傍晚，夜幕笼罩，万物寂静，远处山上的守卫城堡里突然一片火焰跳动，一条巨长的火龙从城堡里跃出，沿着山梁蜿蜒游动而来。大学生兵团的男人们在各高校举牌人的引导下，举着火把唱着歌，从山上城堡出发沿山路崎岖而下，穿越小镇的大街小巷，汇聚于小镇中心广场接受检阅，并拉开广场交响乐演奏会的夜幕。这个激荡着兵团男儿万丈豪情的传统火把游行，传承了一代又一代，一年又一年照耀着魏因海姆的山路，成为大学生兵团聚会上最激动人心的场景。

深夜时分，一队队年轻帅哥们从热闹的广场四周各兵团集聚的餐馆中走出来，默默地汇集于广场中心的古老喷泉。他们其中的一个爬上喷泉边沿，高举

几百名兵团成员举着火把唱着歌从山上古堡下来走进镇中心广场，这就是激动人心的火把大游行。

一盏矿灯，领头放声高歌，其他众人紧紧地簇拥着他，一首接一首地和声唱着。他们告诉我，这是采矿专业的特殊传统节目，每年这天的午夜12点，所有有采矿专业的高校的大学生兵团成员们就会自动汇聚在此，在矿灯的照耀下高唱矿工之歌。同时他们还得时刻提高警觉，护卫着举灯的领唱，防止别的兵团的人混进来把他推进喷水池里。兵团男子们神情专注而虔诚，目光明亮，这时而激昂时而低沉时而婉转的雄厚男声，在魏因海姆的夜空中回荡了上百年。

最后在结束本章时，我衷心感谢亚琛工大老日耳曼大学生联盟（Corps Palaeo Teutonia zu Aachen）成员迪尔克·沙本瑟尔（Dirk Scharpenseel）、保尔·阿肯斯（Paul Akens）、马科斯·弗兰兹（Maximilian Franz），并特别感谢我的儿子可为（Kewei），是他们的热情帮助和耐心指解，让我一个外国人对之前从不知晓的深奥神秘的德国大学生联盟有了一定的了解，并在查阅资料的过程中，对德国的近代历史也有了全新的认知。

午夜12点，有采矿专业的高校兵团成员集聚于古老喷泉，在矿灯照耀下高唱古老的矿工之歌。

德国环保生活篇——全民垃圾分类是环境美好的基础保证

家庭垃圾分类篇

垃圾污水处理再利用工厂参观记

在垃圾回收日，每家将垃圾桶拖放到路边，垃圾车会将垃圾取走。

家庭垃圾分类篇

坚实的民众基础

我对德国人具有强烈环保意识的真实感悟，来自一位女性，一位很普通的街坊女邻居。

多年前的一次邻居夏日聚会上，与往年一样，街坊们惬意地烧烤、喝酒，天南海北地聊天儿。最热门的话题是围绕着当时政府正在积极推动的发展再生环保新能源。

对于德国这样一个工业化、制造业大国，电力能源的需求量自然极大。而

德国地不大物又薄，矿产资源有限，况且石油、煤炭、天然气等天然能源的开采消耗，是以不可逆转的破坏自然、污染环境为代价。自上世纪 80 年代起，二战后曾经支撑德国经济的煤矿开采陆续关闭，工业转型、寻找替代新能源，开始成为德国人关注的重心。

也是由于自然能源的缺乏，上世纪 70 年代德国就发展起非常先进的核能源技术。虽然，核能发电便宜、干净，并且德国西门子公司设计的世界领先的核反应堆采取了万无一失的安全措施，但环保意识极强的德国人一直很排斥核能源，现在世界各国以环保为使命的绿党，就是起源于 1970 年在德国弗莱堡城发生的一场抗议政府建核能发电厂的民间运动。现在，德国绿党早已深入各级政府联合执政，由此可见德国人爱惜环境的情结多么深厚。有这样强烈的民意，2000 年德国政府修正法律禁止各能源公司新建核反应堆，自然也是顺理成章。取而代之，发展再生能源技术成为德国寻求新能源之路。

我们小镇在德国西部，紧邻低洼国荷兰，地势平坦，大西洋的海风透过荷兰穿越而来，这样的地理条件适合风力发电，所以没几年，镇外的绿野上就出现了蓝天白云下一排排乳白色的高大风车迎风招展的风景线。

平心而论，以风能或太阳能等再生能源取代核能和传统煤炭石油能源，确实解决了环境保护问题，但复杂的新技术，庞大的成本资金投入，都使民众必须面对一个涉及千家万户利益的实际问题：本来就比其他国家都贵的德国电费将会明显大幅涨价。所以，邻居们喝啤酒时的话题自然就扯上了这些“昂贵的大风车”。

在大家议论纷纷时，坐在我身边一直跟不上话题的黛荷玛突然插了一句：“反正我支持开发再生能源，生活环境的干净、安全比钱更重要，我宁可为此多付电费。”她这番话太出人意料了。

黛荷玛是名普通职员，因为有三个正在上小学的孩子，她每天只工作半天，工资不多，家庭经济收入主要靠丈夫。按说，黛荷玛应该是不太赞成能源涨价的，五口之家的生活很耗电，特别是德国家庭做饭主要用电炉和各种厨房小电器，他们家每月的电费会是一笔不小的开支。就这样一个兜里没几个闲钱、又没有什么深刻见解的普通妇女，在面对保护环境且涉及自家利益的问题时，她居然像个站在宏观高度审度国家民族前途的大政治家！

后来，2011 年日本发生海啸引发核泄漏事故，促使德国政府当机立断制定法律，至 2022 年关闭全部剩余的核电站，使德国成为全球首个通过立法全面退出核电的国家。黛荷玛这样的人就是功不可没的民众基础。

各色分类垃圾桶

德国对废物垃圾的处理和回收再利用走在了世界前列，工厂和企业产生的废水、废气、废物要按严格的国家环保标准来处理，稍有违章就会受到严厉的处罚。家庭生活中产生的垃圾废物，政府也制定有一系列完备的回收处理方式。德国垃圾分类法规出台于 1961 年，实施垃圾分类已有五十多年，分类理念早已深入民心，成为习惯。

每家都有全套分类垃圾桶，绿桶放废纸，黄桶放塑料制品，黑桶放分类后剩余的不能回收利用的垃圾。

我们小镇民居基本都是带花园的独家小楼，每户人家的院子

里都有市政府免费发放的全套垃圾桶，黄色为带有回收绿色标志的塑料包装物回收桶，绿色为报纸、纸板和旧书类废纸回收桶，黑色为不能回收再利用的剩余生活垃圾，还有三个塑料筐分别用来回收没有退押金的绿色、棕色及无色瓶子。此外，还有一种棕色生物垃圾桶，是用来收集咖啡渣、茶叶末、丢弃的菜叶果皮以及落叶剪草的。但生物垃圾桶不是必需的，如果不要这个桶，而是在自家花园角落设个生物沤肥桶，将自家的生物垃圾丢在桶里自然沤肥后施在自家花园里，政府还会发放点财政小补贴。生物沤肥桶在建材商店可买到，密封严实，不会有难闻的气味溢出，很多邻居家都有，我家花园里也有一个。

没有押金不能退瓶的诸如白酒、果酒瓶和罐头瓶子，按无色和有色分装筐内，等待回收。

再看各家的厨房，日常生活小垃圾桶至少有三个，一个用来放食物的塑料包装及罐头盒，一个用来放纸质包装，还有一个用来放其余的生活垃圾，三者分放，井井有条。从垃圾产生的源头开始就顺理成章，将垃圾分类完毕，再分别放入大分类垃圾桶。这样做真就是举手之劳。

家里放这么多垃圾桶，会不会影响美观和整洁？德国工业界早已解决了这个问题。德国的家庭垃圾桶从外形设计到方便使用再到密封严实，都非常人性化，注重每个使用细节。大多家庭的小垃圾桶都是密装在整体厨房组柜水池下面的柜子里，拉开柜门，就拉出了固定在柜门上的分格垃圾桶，关上柜门就什么都看不见。也有立地式垃圾桶，它们因造型美观实用、封盖严实，不会带给人不洁之感。

垃圾回收日

这么复杂细致的垃圾分类之后，回收运作又如何进行呢？

在我们小镇每个周末的垃圾回收日，你会看到，每条整洁安静的小街旁会出现一长溜同颜色的垃圾桶，垃圾回收大卡车在小镇走街串巷，将居民的垃圾收集运走。垃圾车全方位封闭，由两名工人操作，工人将垃圾桶推到车后面，车上的全自动操作机械手抓起垃圾桶，通过隔层将垃圾倾倒入车内后再将空桶放下，整个过程没有垃圾气味弥漫空中，也不会弄脏操作工人。

垃圾回收日由市政府规划确定，每年年底小镇居民都会收到市政府寄来的下一年的回收垃圾日历本，上面用文字和图形标明何日回收何种垃圾。垃圾日历本的设计非常方便实用，除了标注垃圾回收日期外，还可以用来当记事本，在每日的空白格里可标记上这一天家庭或个人的重要事项。挂在厨房墙上的垃圾日历本是我的重要信息栏，活动采访、各种聚会、生日庆典等等，我都会记录在上面。在垃圾回收日的头天晚上，我们会将垃圾桶拖到小街口，第二天垃圾被收走后再将空桶拖回来。垃圾桶边有把手，下面有两个轮子，拖起来毫不费劲，小学生都可以轻松做到。

厨房信息栏上的垃圾回收日历本（右）用文字和图形标明回收日期。左为邻居协会2016年全年活动的时间地点通知。

有一种东西不能扔进任

塑料等可再利用的垃圾将被送到垃圾回收厂处理成为再利用原材料。

分类后剩余的不能再利用的垃圾将被送去垃圾处理厂焚烧发电。

何一种垃圾桶，那就是各种大小家用电池。这类有害污染物质有两种回收方式，一种是送到建材商场的专用回收箱，德国男人很喜欢逛建材商场，有事没事都乐意去看看各种工具，顺便就将旧电池送过去；再就是按照垃圾日历上规定的具体日期和具体时间，将其送到镇中心停车场边的污染物质回收点。

和我们中国人“破家值万贯”的观念大不相同，德国人会将不想要的旧家具及家用电器等随时淘汰掉，不放在家里占地方。处理私人家庭旧物也归政府管，垃圾日历本上有市政电话号码，只消打个电话，问询家具回收车来收集的日期，届时将旧家具抬到家门口的街边就算搞定。

有政府如此措施严密、细致入微的环保工作，有这般民众爱惜自然、保护环境的责任感，德国的环保事业成为世界典范自然不足为奇。当习惯成自然的时候，爱护环境、垃圾分类则成为人们自觉自愿的行为。德国人特别注意将环保意识传输给下一代，让孩子们从小就学会自律。刚到德国不久时经历过的一件小事让我至今难忘，那次是和一位朋友上街，她4岁的小儿子在剥开糖纸吃一块巧克力糖后，小手一直攥着糖纸。我以为他喜欢那张糖纸，直到街边出现了一个垃圾桶，小男孩一声不响地走过去，将糖纸丢进去。原来小小男子汉已经将保持街道整洁、不乱丢垃圾当成必须遵守的规则。德国今天蓝天白云、遍地绿茵的安详生活，正是建立在这样的全民责任心之上。

最后，我们还想知道，那一辆辆垃圾车驶向了哪里？那些垃圾又会被怎么处理？我在参观德国垃圾处理再利用工厂时找到了答案。

克雷费尔德市的绿色人工湖区

垃圾污水处理再利用工厂参观记

我们所居住的莱茵河西岸下莱茵州地区的地貌是远古冰川运动堆积而形成的，地下埋有亿万年的深厚沙层，这些天然的丰富沙石为建筑行业提供了取之不尽的优质沙源。这里地下水位很高，德国的建筑公司在挖坑取沙后，需负责将渗出地下水的沙坑，改建成供人们休闲郊游的绿色人工湖区或从事水上体育活动的场所。距我家南约 20 公里的克雷费尔德市（Krefeld）就有这样一个人工湖，那里是附近居民从事帆船、滑水板、游泳运动及休闲散步、烧烤野餐的好去处。

克雷费尔德市垃圾处理工厂举办开放日，普及环保知识。

污水净化处理

第一次去这个人工湖游玩时我就注意到，不远处的树林丛中冒出几座高大的乳白色椭圆形塔和高耸的烟筒。这些与一般工厂的形象很不相同、高大而又洁白的全封闭式建筑，引起我的十足好奇。询问我先生得知，原来这里是垃圾处理厂，我们制造的垃圾都要送到这里进行处理。他的话让我毛骨悚然，想起在国内时看到的一个城市垃圾回收场的尘土飞扬和肮脏恶臭，我开始疑心，这个湖水是否真的像看上去那么清澈?

2014 年 8 月的一个周日，家住克雷费尔德市的闺密从报纸上得知，这家垃圾处理工厂（EGK）将面向社会举办开放日。终于有机会目睹其“庐山真面目”，我们一起来到这个在我眼里非常神秘又疑问重重的垃圾工厂，准备一探究竟。

一向清静的工厂突然热闹非凡，临时搭建的大帐篷下坐满了对垃圾处理感兴趣的居民，很多是全家老少齐出动。参观的人流被分成若干组，分别由工作人员带领着，边在工厂里穿行边听讲解。

污水经过物理分离、生物降解、微生物沉淀、过滤四道工序处理，最后变成洁净水。

工厂分污水处理和垃圾焚烧两大区域，我们参观组先走进了污水处理区。工作人员告诉我们，这座城市经过城市下水管道网的居民生活污水，以及工业类企业初步自行环保处理后排出的废水，集中流到这里，在此要经过四道不同工序的净化处理。第一道工序是用涡旋式水泵装置进行机械分离处理，将污水中像手纸、木棍等各种固体分离出来。这些固体经过多次脱水干燥处理后，作为本厂垃圾焚烧的燃烧材料再使用。

分离后的污水，将利用污水本身产生的微生物及细菌进行生物降解，将污水中例如各种洗涤剂、清洁剂中含有的氮、磷、氨等化学物质分解出来。在生物降解过程中所产生的大量微生物絮状生物体被沉淀吸附出来后，送进密封塔中与一种特殊细菌混合反应，从而生成大量沼气。我们在湖边看见的那三个巨型椭圆塔，就是这个沼气生成塔。生成的沼气再通过管道被输入垃圾焚烧炉，用作焚烧垃圾的助燃气体。沼气塔内反应余下的沉淀物，将进入脱水烘干处理，

利用污水在这三个巨型椭圆塔生成沼气，供给焚烧垃圾作燃气。

也作为垃圾焚烧的燃烧材料使用。

最后污水再经过特殊过滤装置过滤，就完成了整个净化过程，此时从下水道流来的污水已脱胎换骨，焕然一新。我们来到一个巨大的水漏斗前，看到净化处理完的洁净水哗啦啦地从这里排入莱茵河。工作人员舀上一杯处理完的净化水告诉我们，这水的洁净程度已经达到饮用水标准，是可以直接喝的。但因人们从心理上无法接受，所以还是将它们排入莱茵河。尽管杯中水看着清透，闻上去也无味，但大家面面相觑，想着这是马桶冲来的，还是没人有勇气尝试。

整个污水处理净化过程全部机械化自动化，并应用到物理、生物、化学、环保等多门科学。厂区环境干净空气新鲜，让人很难想象，这里居然是肮脏混浊的污水处理工厂。

国内有篇关于垃圾处理的专业文章介绍："中国城市生活垃圾的无害化处理

净化处理完毕的洁净水通过这个巨大的水漏斗排入莱茵河，工作人员说这水的洁净程度已达到饮用水标准。

率已达89.3%，其中70%以填埋为主，25%~28%为焚烧处理。由于中国城市生活垃圾堆存量已超过80亿吨，占地八十多万亩，且垃圾产生量仍以5%~8%的速度增长。许多大城市已经无地可掩埋垃圾，城市生活垃圾焚烧处理将成为垃圾末端处理的主要方式之一。依照《"十二五"全国城镇生活垃圾无害化处理设施建设规划》，到2020年，中国垃圾焚烧处理率将达到50%。但建立垃圾焚烧处理厂却遭到附近居民的强烈反对，人们担心焚烧垃圾所产生的二噁英会导致人体发生癌变。"

直接地下掩埋垃圾的处理方式在德国已被淘汰，因为垃圾中尤其是没有经过分类的垃圾，含有重金属成分和其他化学物质，将会造成土地二次污染。焚烧垃圾并用之生产电能热能，是德国处理垃圾的主流方式。那么，整个垃圾焚烧过程是否无害？怎样避免二噁英等有害气体产生？有哪些先进的科技值得中国学习借鉴？这些正是我渴望了解德国垃圾净化处理的深层原因。

首先，德国非常重视垃圾分类，在垃圾产生的源头就开始进行分门别类。垃圾还没出家门，就将一切可以再利用的材料，例如旧报纸、玻璃瓶子、塑料及罐头盒等，分开装入不同的垃圾回收桶中，将各种电池、剩余油漆等化学物质送到专门的回收点。在街上不乱丢垃圾也早已成为人们自觉自愿的行为。这样，分类完成后剩余的不能再利用的垃圾，其成分就相对简单多了。

2015年6月德国中餐协会会员参观克雷费尔德垃圾污水处理厂。

垃圾焚烧处理

由于开放日参观人流不断，工作人员很忙，无暇解答很多我感兴趣的问题，所以我期盼着能再有机会深入拜访这座工厂。

没想到不到一年，机会真的又来了。

与美国、英国等华人移民历史较早的国家相比，德国的中餐行业起步较晚，我刚来德国时，只有一些大城市有香港人或老华侨开设的为数不多的几家中餐馆。但近十年德国的中餐行业发展极其迅猛，尤其新型大型自助餐式中餐馆几乎遍布德国各个地方甚至小镇乡村，很受当地人欢迎。五年前，德国中餐行业的华人业主们成立了德国中餐协会。了解德国社会，与当地供应企业合作，成为新型中餐业的经营理念。餐饮业是用电大户也是垃圾制造大户，很巧，北威州的中餐协会会员大都是克雷费尔德这家垃圾处理再利用工厂垃圾焚烧产电的电能用户。2015年6月，中餐协会组织会员参观这家垃圾处理厂，我作为媒体摄影记者借机跟随他们一行再次走进这里。

垃圾处理厂厂长、博士工程师罗斯先生亲自接待了中餐协会参观者一行。他介绍说，每年工厂回收周边各城市130万居民进行垃圾分类后产生的剩余生活垃圾及工业垃圾约34万吨，作为燃烧原料进行火力发电。所产生的电力除了供给本厂处理垃圾及净化污水工程的用电需求外，还提供给两万多家客户生活用电，并为八千多客户提供热能供暖。

在垃圾焚烧处理区，我们看到一辆辆全封闭的大型垃圾车将垃圾倾倒入焚烧炉下面的地下垃圾场，垃圾场入口角度及深度的设计使得垃圾接触不到外界也没有气味溢出。我们来到焚烧炉大楼一层的垃圾填料口操作室，全玻璃封闭

工人在玻璃封闭操作室操纵大吊抓钩将垃圾抓送入焚烧炉填料口。

操作室内只有一名工人坐在转动操纵台上操作着大吊抓钩，将垃圾抓送入焚烧炉填料口。操作室上方的几个屏幕分别显示着填料口内滚动带送料情况，还有下面各垃圾堆内是否出现高温自燃，操作工人根据屏幕显示的数据，来掌控填料速度和抓垃圾堆的顺序。真没料到，烧垃圾工作还可以这么有趣好玩，这么“高大上”。

乘着电梯，我们一层层地参观垃圾焚烧大楼，每一层围绕着焚烧炉体布满了各种机械和仪器，它们在焚烧垃圾过程中各尽其职，发挥着不同的作用。罗斯厂长打开一个小金属窗罩，透过玻璃我们看到了炉体内熊熊燃烧的炙热火焰。这是什么材质做成的玻璃，居然能抗住1200℃的高温？我心里有些惊惧。

想起国内民众因为垃圾焚烧会产生二噁英气体而强烈抗议建垃圾焚烧炉，我问罗斯厂长，焚烧炉之所以要烧到1200℃的高温，是否是为了消灭二噁英气体？他回答说，不是的，产生二噁英气体并不是与温度有关，而是与垃圾本身有关。没有经过分类的垃圾，含有各种塑料或其他化学物质，这样的混合垃圾烧起来才会生成二噁英有毒气体。经他解释，我恍然明白了，原来垃圾分类不仅仅是回收各类可以再循环使用的原材料，而且还是减少再次污染的保障。所以做好垃圾分类，才是避免产生二噁英气体的基础保证。

罗斯厂长给我们看了污水处理完后最终剩下的浅色粉末，它们会被用作焚烧垃圾的燃料。他还给我们看了垃圾焚烧最后剩余的灰色固体石块，这些固体石块本可以用作铺路材料，但罗斯厂长说，他们没有这么做，因为虽然以现在的技术检验不出含有重金属，但不代表完全没有。他们将这些固体石块用密封的方式作为地下空矿洞的填充物。而鲁尔区一带的老煤矿早已停止开采，正需要填埋地下空矿。

在这家工厂，焚烧垃圾过程中所生成的烟雾气体，还须经过多道先进的过滤、清洗处理工序，最后变成纯净气体才排入空中。在此过程中每年还可回收铁及其他有色金属一万吨。既回收了宝贵的金属资源，又减少了二氧化碳的排放，避免了空气污染。我们所看到的焚烧炉高烟囱上，轻烟缭绕，似白云缥缈。

罗斯厂长说，垃圾和污水到了我们这里，都成了宝贵的原材料，我们用它们制造能源。污水处理所产生的沼气可以替代燃油焚烧垃圾，污水中的沉淀物成为垃圾焚烧炉中的燃料。而垃圾焚烧产生的电力又供给污水处理用电。在这里，垃圾、污水真正变废为宝，并且在处理肮脏的垃圾和污水的整个过程中，做到了零污染。

上面盒内的粉末，是一个居民每周所制造的污水经过处理后的残留物，将作为垃圾焚烧燃料。下面瓶内的固块，是一个居民每周所制造的垃圾经过焚烧处理后的残留物，将作为矿洞填埋物。

全智能（机械）自动化环保事业

这家工厂只有250个员工，其中包括一个由32名物理、化学、生物、环保专业人士组成的拥有高端现代化仪器设备、先进高科技测试技术手段的实验室，他们不但负责监测本厂垃圾焚烧过程和污水处理过程中的环境保护情况，而且还用标准苛刻的科学方法，负责测试、监控着整个地区大气层中各种物资的含量，以及地下水、河水、土壤的洁净度，还有居民饮用水和空气的质量。在生产第一线工作的工人只有120人，三班倒制，机器一年四季运转不停。可我们不论是在污水处理区还是在十几层楼的焚烧厂房内，没有看到一个挥汗如雨的

操作工人。

工人在哪里？罗斯厂长笑着说，现在我们去看看他们。我们跟随厂长穿过长长的走廊走进一间办公室，顿觉眼前一亮，原来这是一间生产监控室，只见墙上一排大型屏幕，密密麻麻地显示着各种现场数据和变动曲线，上方的电视显示着焚烧炉内各部位火焰燃烧情况。几个工人坐在桌前监视着屏幕，操作着电脑，监控着整个厂房的机器运转。这里就是生产第一线——工人工作的地方。

罗斯厂长说，这里其中的一个屏幕直接连接着州环保部门，现场数据即时传送到那里。州环保部门可以在自己的办公室里，直接监控工厂生产，随时了

工人通过大型屏幕和电视、电脑监控着整个垃圾焚烧的发电运转。

解数据是否达标。环保程度彻底透明。另外，工厂对面就是居民区，多年来从没发生过居民投诉。工厂还面向社会开放，经常接待中小学生及社团参观，并向民众宣传普及环保知识。

一直以来，工厂不断将盈利进行再投资，不断改进工艺流程，更新设备，提高技术水平，生产能力不断提高。以至于周边居民所产生的垃圾早已不够用，他们需要到欧盟别国购买并运来垃圾。罗斯厂长告诉我们，工厂污水生物降解净化及最后的过滤工艺属于欧洲最先进的技术，这里各项环保数据和排放标准，都远高于欧盟的环保要求。不论是垃圾焚烧还是污水净化，全部实现机械化自动化，电脑控制。参观过程中我们亲眼目睹了什么叫工业 4.0。

坚持不懈地追求完美、持之以恒地精益求精，正是德国人所崇尚的做事精神。治理中国的环境污染，我们不仅要掌握先进的科学技术，更须学习德国人这种尽善尽美的环保理念和认真严谨的工作作风。

1-DE-0523384
1-DE-0523384

德国食品医疗篇——严格的监督、完善的救助

鸡蛋壳上的密码解读

婆婆全方位的医疗保障

附近大型连锁超市 EDEKA 的鸡蛋货柜，价格标签上标有价格、数量及鸡蛋质量标准。左边的鸡蛋产自我们小镇的农庄，价格标签上特别标出“产自本地区”。

鸡蛋壳上的密码解读

德国人对产品的品质和质量有着极高的要求，尤其对于食品质量监督、食品安全检查，更是严格严谨，我们从出售鸡蛋的细节上即可略见一斑。

德国超市出售的鸡蛋大都是 6 个或 10 个蛋一盒的再生纸盒装，货柜的价格标签上除标有不同的价格、数量及产地外，还注明了鸡蛋质量标准，比如“Bio”（绿色生物鸡蛋）、“Freilandhaltung”（散养鸡蛋）、“Bodenhaltung”（圈养鸡蛋）。这指的是生蛋母鸡的饲养方式。打开鸡蛋盒你会看到，每个鸡蛋上都印有一串

我们买回的两盒6个装鸡蛋，左为0号生物蛋，盒上印有特别的绿色食品标志。右为2号圈养蛋，盒内印着对代码的详细注解。

红色代码。这是鸡蛋的身份证，每个字母和数字都有特定的含义，记录着每个蛋宝宝的来历。

比如今天我们家买回两盒6个装鸡蛋，一盒鸡蛋上印着“0-DE-0357451”，意思是：0——绿色生物鸡蛋；DE——德国生产（Deutschland）；03——下萨克森州，后面的数字是具体养鸡场及鸡舍的编号。另一盒鸡蛋上印着“2-DE-0523341”，意为：2——圈养鸡蛋；DE——德国生产（Deutschland）；05——北威州。

如果你不懂代码的意思，没关系，每个鸡蛋盒盒盖内侧都印有对代码的详细注解，还写明本盒鸡蛋的“性质”。比如0号为绿色生物鸡蛋，它们的鸡妈妈没有固定的鸡舍，任性地生活在天地之间的大自然中，自由自在地捉虫觅食，饲料里没有化学添加剂。这些幸福指数最高的鸡妈妈们生的蛋宝宝上印有特别的生物蛋绿色专用标志。1 号为散养鸡蛋，鸡妈妈们住固定的鸡舍，可在偌大的露天饲养场内自由奔跑，除了自由觅食外还吃人工添加的饲料，并定期打预防针。2 号为圈养鸡蛋，这些鸡妈妈们生活较拘谨，在固定鸡舍里，吃人工饲料，定期打预防针，但住房还算宽敞明亮，可以脚踏实地地集体散步。以前还有 3 号蛋，就是母鸡被集体禁锢在成排的鸡笼子里，前面吃食后面产蛋。因这种所谓的现代化流水线式养鸡法太不人道，又难避免传染病，近年在德国已被禁止。所以德国已没有 3 号不幸蛋宝宝。

除此之外，鸡蛋盒盒盖上还印有各种信息，比如有效食用日期、产地、鸡蛋个头等级、营养值含量、生物蛋绿叶标签、无转基因饲料标志等等。如果你

德国家禽饲养监督协会的网页上对鸡蛋代码的相关注解。

| EN | NL

Home | Links | Kontakt

Suche

KAT - Der Verein | Systemteilnehmer | Was steht auf dem Ei? | Wissenswertes übers Ei | Aktuelles

Home

KAT- Ziele & Aufgaben

> mehr

Teilnehmer werden

> mehr

Login für Systemteilnehmer

> mehr

Was steht auf dem Ei?

Erfahren Sie, woher das Frühstücksei kommt. Das KAT-System macht es möglich!

> Zur Abfrage

Willkommen auf der Website des Vereins für kontrollierte alternative Tierhaltungsformen e.V.

自由放养生物鸡

KAT- Ziele & Aufgaben

> mehr

Teilnehmer werden

> mehr

Login für Systemteilnehmer

> mehr

Was steht auf dem Ei?

Erfahren Sie, woher das Frühstücksei kommt. Das KAT-System macht es möglich!

> Zur Abfrage

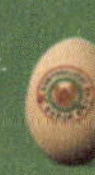

Willkommen auf der Website des Vereins für kontrollierte alternative Tierhaltungsformen e.V.

散养鸡

KAT- Ziele & Aufgaben

> mehr

Teilnehmer werden

> mehr

Login für Systemteilnehmer

> mehr

Was steht auf dem Ei?

Erfahren Sie, woher das Frühstücksei kommt. Das KAT-System macht es möglich!

> Zur Abfrage

Willkommen auf der Website des Vereins für kontrollierte alternative Tierhaltungsformen e.V.

想了解更多关于鸡蛋的知识，可查阅鸡蛋盒上印出的德国家禽饲养监督机构协会（e.V.KAT）的专业网站 www.was-steht-auf-dem-ei.de。该协会始建于 1995 年，是对德国和周边欧盟国家的养鸡企业的饲养方式和鸡蛋产地予以保证及追溯的监督机构，其会员企业来自瑞士和欧盟几乎所有国家。该协会以欧盟及德国母鸡饲养规定和动物保护条例为基准，推动跨国遵守 KAT 制定的鸡蛋代码严格标准，检查饲养场的养鸡方式，监测每个鸡蛋从饲养地一直到消费者手中的从生产到包装、运输的整个物流过程是否符合标准。一旦发现鸡蛋有问题，根据代码立刻能查出它的来龙去脉，一追到底。

鸡蛋是大多数人喜欢的营养食物，吃着自带“身份证”的鸡蛋，你是不是感觉特放心特美味呢？

婆婆在这家康复医院进行康复治疗。

婆婆全方位的医疗保障

“富人帮助穷人”的医保体系

德国实行强制性的社会保险制度，包括医疗保险、失业保险、养老保险、伤残保险、护理保险等。目前德国社会保障制度开支约占 GDP 的 33.3% 以上，其中三分之一的资金用于法定养老保险开支，五分之一以上的资金用于法定医疗保险开支。德国医疗保险主要有两种：法定医疗保险（Gesetzliche Krankenversicherung）和私人医疗保险（Private Krankenversicherung）。法定医疗保险主要面对工薪阶层，私人医疗保险主要面对私人企业主、自由职业者和高收入人群。

任何就业的职员都自动加入社会保险体系，按工资收入缴纳一定比例的社保费用，并由雇主为之分担交纳50%，职员的家庭成员（包括未成年子女）一起自动享受法定医疗保险的各种治疗及疗养待遇，无须另外参保。这也被称为“家庭医保”。对于低收入家庭和失业人群，由国家支付医保费用。德国医疗保险是几乎涵盖所有医疗服务的综合系统。虽然法定医疗保险需缴纳的保险费用因职员工资收入不同而不同，但每人享受的医疗保险服务完全一致。这就是德国社会医疗保险的宗旨：高收入帮助低收入，富人帮助穷人，互助共济。

德国社会提倡妇女在家相夫教子，他们认为，一个温馨舒适的家庭环境，能更好地照顾到孩子的健康成长，“上班族”可以享受安逸的家庭生活，也因此工作效率会更高。对此，国家制定有全面、完善、细致的税收等级制度，照顾到每一类家庭的经济需求。比如，单职员家庭的工资税收等级比夫妇双职工的工资税收等级优惠很多。有家庭的职员工资税收等级比单身职员低很多。总之，德国社会以各种完善的法律规章制度来保障人人享有平等权益，共同富裕。国家没有忽略为照顾家庭一辈子没出去工作、没有独立经济收入的妇女们为社会安定作出的巨大贡献。她们可以分享丈夫的各种待遇，老年后即使丈夫已经去世，她们也照样继续享受丈夫的养老金和医保，能有尊严地生活，不会老无所养，也无须依赖子女。

康复医院一角

德国的医疗体系将门诊看病与住院治疗严格区分开。每个生活社区都开设有私人医生诊所，平日里有个头疼脑热，首先要与家附近的私人医生诊所也就是常说的家庭医生约时间就诊。家庭医生除了诊治病人外，还负责根据病情的轻重缓急将病人转到其他专科医生或医院继续治疗。但在周末、节假日或晚间发生急病时，病人可以直接到医院看急诊。这样分开的医疗治病体系有序有效，避免了各种病情的病人集中拥挤在医院，提高了重病症的诊断治疗效率，也可避免各类病人的交叉感染。

家庭紧急自救系统

我的德国婆婆安娜丽泽，出生于1928年，少年时代因二战中断了学业，战后青春年少的安娜丽泽参加了裁缝职业学习，并加入了满目疮痍的国家战后重建。结婚后她再也没有出去工作过，一直在家带孩子，陪伴任西门子公司技术教员的丈夫去国外做技术指导培训。丈夫老年去世后，她继续享有丈夫的退休金，独自住在自家房子里，过着衣食无忧的安逸生活。

康复医院一角

去年的一天，87岁的婆婆因感到疲倦无力身体不适，被我们送进医院。无须挂号，在安静的医院急诊室里，医生直接为她做检查。她被诊断出患了糖尿

康复医院一角

病，医院立刻为她办好了住院手续，安排她住进内科病房，交由专科医生继续治疗。这一切过程都不用我们家属奔波办理。住院治疗费用无须自己先支付，而是由医院直接将治疗费用的账单发给医疗保险公司。

德国医院内外都安静、整洁、干净，没有紧张的气氛，没有异味，不知道的人根本看不出这里是医院。在婆婆住院治疗的过程中，作为家属的我们只需要带着鲜花去病房看望她，向主治医生了解她的病情和治疗情况。至于生活护理、一日三餐、大小便处理等等，全都由专门的护士负责，医院也不允许没受过护理专业训练的家属插手。因年迈，我婆婆出院时由医院出资叫出租车护送回家。出院回家后唯一需要她本人转账支付的，是每日10欧元的床费和伙食费。

我婆婆因患了糖尿病而享有医疗保险支付的特别护理，每天有专业护理员上门为她打胰岛素，测量、记录血糖值，并负责将药片分放在药盒的早午晚格里，监督她服用。每天的血糖测量值，护理员要交付医生，医生根据数值变化来调整胰岛素针

康复中心小厅

剂的剂量。每隔两天，还会有护理员上门来帮助她在家里浴室洗澡换衣。此外，医疗保险还为她支付部分清洁钟点工的费用。

正当我还在写这篇文章时的一个上午，我婆婆突然打来电话，说她摔倒了，要马上去医院。我急忙跑到她家，看见婆婆已经坐在椅子上了，一位护理员正在她身边。自去年她出院回家后，医疗护理中心就为她在家里安装了一台连接在电话线上的紧急呼救仪器，有任何不适时开启开关就可以直接与中心对话。此外，她手腕上还戴着手表状的移动信号按钮，在家里任何地方都可以发出紧急信号。当她不慎摔倒站不起来时，她按动了手腕上的紧急按钮。医疗护理中心看到她发来的救助信号后，立即派人开车来到她家，用医疗护理中心掌握的她家的钥匙打开房门，发现了倒在地上的我婆婆。护理员马上打电话叫了救护

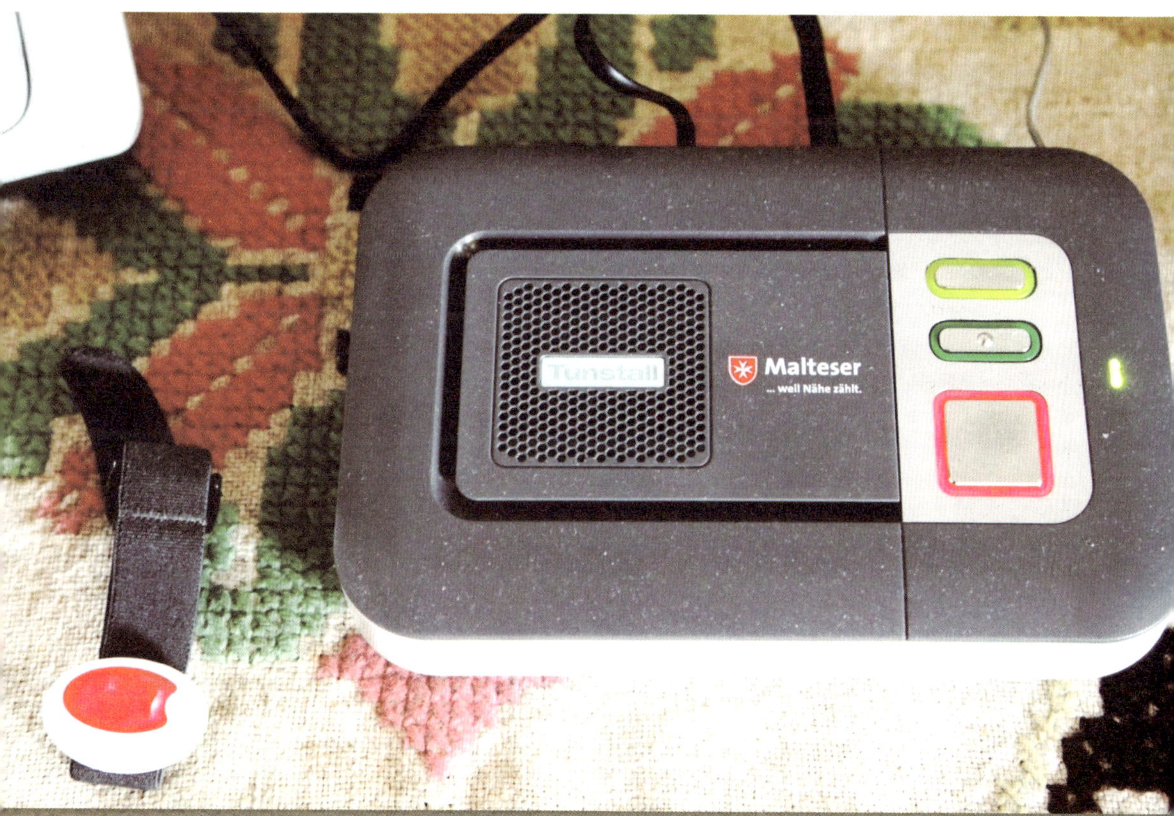

医疗护理中心在婆婆家里安装的紧急呼救仪和戴在手腕上的移动信号按钮。

我先生沃夫冈与我婆婆的合影

我与婆婆的合影，每年母亲节我们都带婆婆去吃不同风味的美食。

车，并给我家打来电话。我陪婆婆一起随救护车来到医院急诊室。经拍片查出婆婆大腿粉碎性骨折，再次住院接受手术治疗。

婆婆成功做完接骨大型手术后，好几天不能动，都是由护士耐心地照顾她。在医院接受几周的治疗后，她将被送到康复疗养院进行一个月的保健疗养和康复训练。每次在洁净安静的病房里，看到她正逐渐恢复健康，我都忍不住感慨德国周全、完善、人性化的医疗和护理举措，要不是医保公司为她安装了紧急呼救仪器，骨折倒地无法动弹的婆婆，其后果不堪设想。

婆婆几次住院、动手术的巨额治疗费用，每日上门为她打胰岛素的医药护理费用，康复疗养的费用，全部由医疗保险公司支付，个人无须付一分钱。她是个普通的家庭妇女，一生享受着丈夫的家庭医保，但她所得到的医疗护理却赶上了中国的高干标准。她的两个儿子不会因她生病住院而受到任何拖累，也不会影响自己的工作生活。

德国是世界上最先实行社会保险的国家，有完善的全民社会福利制度，人人享有百分之百报销的医疗保险，生活困难的人及家庭还会得到政府的社会救济，生活得到保障，无后顾之忧。这是一个强大的国家首先要做到的，以人为本。

Neumarkt
1702
1902
H&M

德国日常琐事篇——有趣的德式思维

- 用爱心和责任铸就高质量的生活
- 与政府官员较真是你的权利
- 市长选举
- 翻译僵化"惹的祸"

用爱心和责任铸就高质量的生活

德国人很爱“管闲事”

常有人评论德国人“冷漠傲慢，拒人千里”，其实和任何民族一样，德国人也是性格各异，喜好不同。从习惯上讲，他们确实对别人的私事不感兴趣，不东家长李家短，不爱八卦。总体来说，他们更重视正义感和同情心的培养，教育青少年从小参加各种志愿者活动，帮助老人、残疾人和社会弱势群体，保护动物，担当社会责任。接触德国人久了你会发现，奉献自己、帮助别人是德国社会一种很普遍的理念。

当今世界，中东战乱引发的千百万拖家带口的“难民潮”涌来时，德国人面临着种种难题和麻烦，以人道主义信念，无私地接收安置无家可归的叙利亚等战争难民。他们的善良和责任感，让全世界动容。

德国人不善于与人套近乎，不管你是高官还是富商，他们都会保持彬彬有礼的距离。但当遇到他们认为该“出手”的事时，不论是否与自己有关，他们绝不含糊。我在大街上亲眼见过德国人管别人家的“闲事”。二十多年前的一天，我正在市中心购物街上闲逛，安静的人流里突然爆出一声狂吼，来往的人群都愣住了，不约而同地循声望去。只见一个疑似土耳其人的粗鲁男人举起胳膊抡向他身边一个包着头巾抱着孩子的妇女，看得出来那妇女是他的老婆。就在那巨大的巴掌即将落在妇女脸上时，一个正擦身而过的德国男子反应极迅速，一把抓住了那只粗壮的胳膊，双眼直视他，严肃地对他无声警示。土耳其汉子挣脱着还想继续撒野，但他马上发现情况不妙，不论男女，所有行人都停下了脚步，对他怒目而视，发出警告。那种于无声处的正义威严，震慑得他即刻软了下来，惊魂不定的土耳其女人趁机抱着孩子逃进了一家大商场。众目注视之下，土耳其汉子没敢再追逐老婆，讪讪地转身离去，一场突发的家庭暴力被众人无声地制止了。

到了21世纪，在有些国家，男人打女人的恶习仍属家常便饭。即使在中国，这种发生在公共场合的家暴也常被当成两口子的自家事，旁人常常事不关己，袖手旁观。但在德国，打老婆打孩子的家庭暴力是违法行为，受法律制裁。见到这样的行为，人人都会见义勇为出面制止或报警。那时我刚来德国不久，这个情景让我看到被人传说冷漠的德国人如此“行侠仗义”，这样正义的社会风气很让人安心。

保护女人、扶助弱势，是德国男人普遍崇尚的风范品格。我还经历过一件有趣的事情。一次去火车站接从大学放假回家的儿子，儿子长得人高马大却童

Christus sitzt im Flüchtlingsboot
Le Christ est dans le bateau
Christ sits in the refugee boat
Jesús también está en la
キリストが
基督与难民同舟共济。
Cristo está sentado na
جالس في قارب

心未泯，见到我就像只要赖的大狗熊一样，趴在我后背上和我聊天，把我都压弯了。这时，突然一辆小车开到我们面前紧急煞住，一个德国男人下车指着我儿子严肃地说：“请放开这位女士！”我们都愣住了，正美滋滋享受舒服的我儿子尴尬地站直身，悄声嘟囔“瞎管闲事”。这时我才反应过来，放声大笑。那位正气凛然的男人终于从我幸福的笑声中和我儿子年轻的脸上，看明白了我们是正在说笑的母子。他难为情地嘿嘿笑起来，挥挥手开车走了。

见人摔倒众人相助

人的生命高于一切！25年德国生活的耳濡目染、潜移默化，使我从各个方面认同了这个最重要的普世价值观，并真心实践着这个价值观。我在德国曾亲历过陌生人救助陌生人的事。一天在街上，突然有人晕倒了，旁边来往的行人立刻停住脚步，关切地围了上去。德国人都学过“第一紧急救助”的常识，知道该怎么处理这样的突发事件。他们非常镇静，分工默契，有人马上打电话叫救护车；有人检查病人伤势，测试脉搏，在第一时间予以有效帮助；还有人轻声呼唤并安慰他。我真心想帮忙却不知该做点什么，当我看到病人的头仍躺在坚硬的水泥地面上时，我将手里装着新买衣服的软布袋垫到他的头下，使他能舒服些。正帮助病人的一位路人很真诚地看着我，说了声谢谢。我感动于他同样是与病人素不相识的路人，却对我这点微不足道的帮助表示谢意。

路过的行人陆续发现了这场意外，但看到已有足够的人在提供帮助时，为不造成道路堵塞，他们都没有停留围观。很快救护车赶到了，专业救护人员将病人接手后，那位帮忙救护的路人告诉我，病人是心脏病发作，抢救不及时会很危险。我们都为及时帮助了一个急需帮助的人而备感欣慰，互相友好道别后安心离去。那天，我的心情格外坦然，为自己为救助一个生命做了力所能及的事情而自豪。生活中每个人都难免会遭遇突发意外，每个人都会有需要帮助的时候，出手帮助一个需要帮助的人，是人人应该具备的美德。

去年在火车上，我又遇见了一次意外发生，一个腿脚不便的体胖老者，在从厕所出来时刚好火车晃动了一下，拄着拐棍的老者转身不便，一下子重重摔倒在地。几乎随着他的叫喊声响起，附近的几个乘客立刻冲了上去，老者很胖，腿又不好使，几个男人询问了老者情况后齐心协力将他慢慢扶起来，检查他的伤势。还好，老者基本无恙，大家这才放心地归座。一个年轻人护着老者回到座位上，并陪坐在他身边安慰他，他们在同一车站下车，车到站时年轻人耐心陪护着老者一起下车走了。老人摔倒的整个过程我都目睹了，只是他们的反应比我神速，当我欲冲上去时，看到狭窄的车厢过道挤不下更多人，就止步了。此时的我已经成熟很多，懂得了什么方式更合适得体，更不会给别人带来麻烦。

德国人对救护车、消防车及警车的警笛声特别重视，不论是在普通路上还是高速公路上，只要听到警笛声，司机都会立刻减速并迅速将车靠边让路。他们知道，每快让出一分钟，垂危的生命就会多一分钟生还的希望。自己的事再紧急再重要，也没有抢救生命更重要。警笛就是命令，这在德国是人人遵守的常识也是法规。如果真有人妨碍了执行任务中的救护车、消防车或警车，将会受到重罚。

生活中，每个人都不会永远一帆风顺，天灾人祸在所难免，帮助别人，也得到别人的帮助，这样的良性循环才能让社会安定。我本人和我先生都在外面发生过意外和突然晕倒的事故，但每次我们都及时得到了身边的陌生人或朋友们的真诚关怀和出手相助，因而每次都平安无事。这样的经历让我懂得，尊重生命，助人为乐，是现代文明社会体现的普世价值观，也是每个人该有的素养。当然，在高福利的法制德国，也绝不会发生救人反被讹赖的事件。

今春，小镇出现了一个免费搭车用的“搭车椅”，“搭车椅”的金属牌上写着“搭车椅，想去抚律城的坐在这里”。

温情“搭车椅”

我们小镇最近又出现了一件新鲜事。因小镇人几乎人人自驾，乘公交车的人极少，所以公交车除了学生上下学时间外，平时只每小时一趟。2016 年初春，在镇中心公交车站旁边出现了一个崭新的木靠椅，木椅靠背的金属牌上写着“搭车椅，想去抚律城的坐在这里”。抚律是距小镇最近的约 4 公里远的小城，那里有购物街和几家大超市，还有多条公交线路通往周边各个城市。搭车椅旁还立有站牌，上写着详细的“使用说明”：“搭车椅”由私人协会提供

搭车椅旁的站牌上写有详细的“使用说明”。

赞助，旨在为在没有公交车的时间段想去抚律的人，提供一个免费方便的搭车机会。驾车者应非强制且出于完全自愿去搭载等候者。在抚律城的加油站也有同样的“搭车椅”，在那里可以搭顺风车回到小镇。“使用说明”上还列出详细的规则，比如搭车期间如发生事故时，双方应协商分担责任等等。

我是小镇为数不多的乘公交车族，因不留神错过车点而误事的情况时有发生。而在德国是无法在街上拦叫出租车的，得事先打电话预约。现在好了，竟有人替别人想得如此细致周到。以后我再无须为错过车点而沮丧得捶胸顿足，只消坐上“搭车椅”。不图任何利益、只为人提供方便的“搭车椅”传递着人与人之间的温情，今年的春天因此而格外温暖明媚。

建于 1878 年普鲁士德意志帝国时期的格尔登法院建筑

与政府官员较真是你的权利

严谨、认真、求实，是德国社会的主流倾向，也是政府部门最基本的工作原则。但这并不说明德国人不犯错，更不代表政府永远正确。政府同样也是由人组成，是人就难免失误犯错，但发现政府部门的错误并勇于纠正，同样属于严谨、认真、求实的范畴，而且是每个公民的责任和权利。

倒霉房东和赖皮房客

我的婆婆是土生土长的本地人，自然有一堆发小级老闺密。她的一个老闺密老两口独居一栋花园洋房，另有一栋花园洋房出租。他们有两个已成年的儿子，居住在附近小城自己的房子里。两个儿子一表人才，生活富足，爱好诸多，但就是不婚，至今独居。不过这种生活方式在德国挺平常，个人自由，没人过问，就连老爸老妈都不着急上火，是否后继有人能够传宗接代、继承财产，无所谓。

老闺蜜夫妇本来一直过着安逸的养老生活，可不料租住另一栋花园洋房的房客出状况了。房客失业了，虽然有失业金，但要交这么一栋小楼的租金，显然力不从心。房客开始拖欠房租，后来干脆赖账不交了。也许中国人会觉得"这事简单啊，把房客撵出去不就结了吗？"但在德国真没这么简单。德国是社会福利国家，民生高于一切，一切法律规章制度都是以国民安居乐业为重心。通俗点说，在合理范围内，政府是尽量掐富人的油水补贴穷人，以减小贫富差距，走共同富裕之路。

有闲房出租的当然算富人，房客交不起房租顶多会使房东的存款少点数字，不会让他们的生活受多大影响。德国相关法律规定，房客因经济困难支付不起房租时，在没找到其他合适的房屋搬出之前，房东不得将其赶出去。老夫妻的两个儿子更不能去协助，甚至没权过问。

刚来德国时因租房难，常常抱怨德国房东歧视外国人，不愿把房子租给中国学生。现在我才理解，一个收入稳定、人品靠谱的房客太重要了，不但让房东少操心伤神，而且减少了风险。一旦运气不好碰到个赖皮房客，就麻烦大了。所以，中国炒房团的土豪们进军德国房地产时，要先把德国相关法律弄清楚，不然发财梦没兑现不说，还有可能帮德国政府"扶贫"了。

终于，赖皮房客搬走了。老两口总算舒了一口气，虽然损失了半年的租金，但就权当多做了一份募捐吧，德国人每年各种名目的募捐反正也不少。但是，当他们打开出租房的门，看到里面的情景时，差点当即昏倒在地。墙纸被涂鸦，地毯肮脏，卫生间瓷砖破碎，浴缸裂口，便池堵塞，厨房到处都是垃圾。好好的房子毁了，根本无法住人，必须先将垃圾全部清理出去，房子上下整个重新修缮。这将是一个繁重的工程，一笔巨大的开支。老两口气得先后病倒了，修养再好的人也承受不住这样的恶意破坏。

也许有人会问，为什么房东不事先去查看房子呢？在德国是这样的，就算是房东，在房客租住期间，没有房客的允许，房东也是不可以擅自入内的。何况这对温文尔雅的老夫妇根本不想去“骚扰”房客。可能是失业的压力导致心理变态吧，那个房客把对解雇他的老板的不满全撒在了“自己家”里。老两口找那个房客理论，赖皮房客根本不理睬，毫无悔过之意。无奈中，老两口只好请律师将赖皮房客告上法庭。

律师写信、起诉和法庭调查等都是个漫长的过程，尤其这类双方各陈述理由的民事纠纷案件，几年之后才裁决出结果都不足为奇。但房子不能空着，得重新装修出租。老闺密夫妇请我先生将房子受损之处全部拍照留下证据，以供法庭取证之用。

抗辩市政府罚款单

一年后的一天，我先生收到了法庭来函，要求他作为赖皮房客案的证人按时出庭，接受法官调查。这个下午他专门请了半天假，开车来到法院对面的停车场停好车。停车场可以免费停车两小时，可能就是为到法院打官司的人提供方便。这场法庭询问调查出乎意料地持续了超长的时间，传讯了很多很多证人，等我先生作完证走出法院时，差不多已过去了四个小时。

进入法庭的人都要经过门检，并将随身口袋里的小刀之类的物品交于门卫保管。我先生的车钥匙链上拴着一把多功能瑞士军刀，所以他将整个钥匙串交给了门卫，结案出门时才拿回来。因此门卫对他的停车时间有大致的估算。

不久，一封市政府秩序局（Ordnungsamt）的罚款信寄到了我家，说我先生出庭那天在停车场停车超过了规定的免费停车两小时，按XX条规定，须缴付特别管理费5欧元，限至X月X日转账到市政府财政账户。我先生回信，说明当时由于法庭延时才造成停车逾时，不是他个人的失误，并将法庭出庭通知来函和法庭开具的出庭作证所花费的时间证明，一并复印寄去了。

本以为此事到此就结束了，不料过不久秩序局又来信了，信上写道：“您应该预料到法庭判案可能会出现连续几个小时的延长，并事先就考虑将车停在其他允许长时间停车的停车场。所以您陈述的延时停车的原因，不能成为剥夺其他人停车机会的理由。我请您，在一周之内缴付管理费。如逾期不交，我将按规定追加逾期罚款。”

我先生本就极爱开玩笑，看到这位女官员（德国人的名字分男女用名）“强词夺理”的推理论证，激起了抗议的兴趣。他回信抗诉：“当然，以我的认知，法庭判案可能会出现延长，不仅会是几个小时而且还可能是几年。不过，事先预料法庭延时多久不属于公民须尽的义务。作为守法公民，我须履行为法庭调查作证的责任，在法院开庭期间随时等候法官的传讯问话，不得擅自离开。因此而耽误了别人停车不是我的过失，而是由法庭延时造成的，建议您可向法院提送缴费要求。”

这也是个认死理的官员，一个月后回信又来了：“在此我正式通知您，要求您交付逾时停车管理费的决定并没有改变，所以由于您逾期不交，我已将此案件移交至市检察院，并最终将递交法院作出裁决。”信中还有一张正式提交市检

察院的通知公文。

我先生继续回复调侃：“对于您移交市检察院的决定，作为公民我只有一个要求，此罚款案须由同一家即造成我延时停车的那家法院作最终裁决。”

又过了一段时间，一封法院来信寄到：“经本法庭调查，此罚款案裁决如下，您的行为不存在过失，罚款无效。如果 14 天之内没收到您对市府秩序局提出反诉讼，此案将结束。”抗辩女官员大获全胜，我先生得意至极。那些天的午休，我先生每次都兴致勃勃地将女官员的来信和他的回信讲给同事们听，逗得大家开怀大笑。此案例成为我先生的经典笑话专利。德国人不谈论别人私事，但嘲笑起政府官员来毫不留情。此事也让我先生对此公务员很不满，他说，她来回写信所花费的时间和纸张的费用，早超过了 5 欧元，典型的官僚作风。

最终，赖皮房客案以老闺密夫妇获胜而结案，赖皮房客被判赔偿房子重新装修的一定费用，赔偿方式是在赖皮房客经济收入好转后，按期分批付钱给老房东。老闺密夫妇虽胜还忧，房客何时经济好转还是个未知数。

超速罚款的胜与败

去年初冬，我先生载着我们几个朋友去两百公里以外的一个古镇郊游，回来后不久收到了一封宣称那日超速行驶的罚款信。信中说，在只允许时速 50 公里的国道上他行驶了时速 75 公里。对此他产生了疑问，因为在他的记忆中，那段路上根本没有限速 50 公里的标志。为求证自己的记忆，他再次开车重新行驶了一遍那段路程，结果证明路上确实没有限速 50 公里的标志。其实，我先生驾车重新行驶那段路程所消耗的油费，并不比罚款少。但这是不能混淆的两回事，证明自己无过失需要实事求是。他给当地交通局回信阐述事实，告知罚单无根据，拒绝接受。后来，交通局回信道歉并撤回了罚款。

谁都可能会犯错，重要的是知错就改，真诚纠正。尤其是政府官员，自以为权力在握，知错不改，甚至官官相护的话，那么社会公正、社会公德必然丧失殆尽。

当然，这种事若是放在中国，根本无须这么折腾，找找关系托托人，没有摆不平的事。不过，也正因如此，中国人不得不活得很复杂，除了忙于工作、学习、生活之外，还得消耗大量的时间、精力及金钱，来编织一张紧密的人际关系网。

相比较而言，德国人的生活简单轻松多了，合理合法的事，不需找任何关系，肯定能办成，不合理合法的事，想都别想找关系，肯定办不成。求学求职全凭个人能力，购房缺钱向银行贷款，生活困难申请政府补贴、社会救济。如此，人与人之间不存在利益关系，也没有复杂情结，工作之余尽可享受生活乐趣。

别以为我家老沃总是对的。前不久他又收到一封超速罚款信，而且超速现场就在家门口。但这回他可是彻底输了。

我们小镇边的十字路口处竖着一个交通标志牌，上面标示着从此地开始400米外取消每小时70公里的限速。一天，城市秩序局“埋伏”了一辆小车在此监察，临时测试车速。结果老沃被拍下照片，还没过400米他就加速超过每小时70公里的限速了。

老沃开了一辈子车，对家门口的路况太熟悉了，自认为不可能违章，一定是秩序局“埋伏”的地点不精确。他根据信中提供的拍照地点，用谷歌地图测量实地距离。谷歌给出的答案是，从交通标志牌到被拍照的地点是405米，也就是说秩序局“埋伏”地超了5米，已经不在限速范围内。他又亲自把车停到“埋伏”点，拍照证明从这里测试车速的不准确性。从谷歌上得来的证据让老沃自信满满地回信陈述理由。最后秩序局将罚款案提交给法院，由法院裁决。

出庭辩护那天我以老婆加记者的身份跟随出庭，事前向法庭提交了旁听申请，但拍照的要求被拒绝。秩序局那位埋伏拍照的交通事务公务员作为证人出

小镇外的交通标志牌：从此处开始400米以内限速每小时70公里。

庭，他在发誓不作假证后，陈述超速摄影机放置地点没有超过400米，并表示其测量距离的工具使用的是警方手持移动式测量仪。沃夫冈陈述理由并出示从谷歌下载的测量图片。

很遗憾，谷歌网上显示的数据没有被法庭作为有效证据所接受。身着传统黑袍的法官当场裁决超速罚款有效，同时告知老沃有权在有效期间内再提供新的证据。

事后老沃懊恼地说，其实他们公司也有这种精密测距仪。我乐了，说没事，大不了你半年不喝啤酒，省下钱交罚款。老沃周末及下班时间要打乒乓球要带协会少年队训练打比赛，无暇无心再重新测量找新证据。他按时转账了20欧元超速费和根据纠纷数额产生的60欧元法庭费。此案结束。

2015年9月13日，小镇举行下届地方政府选举，各党派的志愿者一起监选，选民将填好的选票投入投票箱内。

市长选举

权力属于人民

德国各级政府议会成员和各地市长由全体公民民主选举产生，地方大都每四年或每五年举行一次选举。只有在选举前，各党派参选人才被允许在公共场所公开做海报宣传。民主选举是德国人熟知的政治生活内容，他们大都有自己成熟的政治观点或认同的党派主张，但互相之间却极少甚至完全不谈论自己的

政治观点，更不试图用自己的观念影响或说服别人，哪怕是自家人。

以前我对德国政党及政治人物了解浅显，兴趣不大。当我初次参加德国选举时，选举前我向我家老沃询问，他给我介绍并解释各党派及其政治主张，但绝不会建议我选谁不选谁，而是随我自己选。即使选举完毕，他也不过问我选了哪个党，更不告诉我他选了谁。经历多年摸索，今年的选举我有了自己的主意，可我改不掉中国式习惯，试图动员老沃和我互通有无，他笑着说那不可能。

2015 年 9 月 13 日是个周日，我们镇举行了新一届地区执政党和本地市长选举。选民持政府寄送到家的写有本人姓名的选举通知单到达选举地点后，从村民担任的志愿监选义工手中拿到写有竞选党派和竞选人的选票后，走到后面被遮挡住的单人桌前，在选票上勾选同意项，然后回到监选义工处投进投票箱。整个

下届地方政府选举中，选民在后面遮挡住的单人桌前填划选票。

过程安静有序，没有交谈没有议论。各党派监选义工更不能暗示或讨好选民。

也许，你看好的政治家并没能当选，而恰是你没选择的政党或竞选者胜出。这只能说明你赞同的政党其主张没能赢得多数的民意。当然，如果赢得选举的政党及市长在其任期内并没有让人民满意，甚至让人民失望，人民就会用下一届的选票收回其政府管理权。简单地说，这就是民主选举的意义。作为市长，你要“讨好”的不是顶头上司，不是更高的权力机构，而是人民。作为胜选官员，你赢得的不是权力而是责任。

国家的主人是人民。如果不曾按自己的意愿投选过政府，你不可能真正感受到：我是一名公民。

市长的八条竞选纲领

自 2004 年起当选为本城市长的科劳斯·克莱内库恩（Klaus Kleinenkuhnen）先生，今年继续竞选市长。我看到他的未来五年城镇规划竞选纲领只有八条简单的具体措施：

- 继续改善居民生活环境。
- 增建使残障人士交通出行便利的设施。
- 在霍尔特市内为新社区投建新基础生活设施。
- 实施莎蒲森村未来发展规划。
- 加宽 478 号和 140 号城镇公路及人行道，提高其交通安全性。
- 改造镇内主公路。
- 增设改善公交车上的设施，以满足各年龄层居民的出行需求（比如方便老年人轮椅上下车、母亲推儿童车）。
- 为民间体育协会增建公共体育运动设施及场地。

Mit dem CDU

GEMEINDEVERBAND RHEURDT · SCHAEPHUYSEN

Bürgermeister Klaus Kleinenkuhnen

Liebe Mitbürgerinnen und Mitbürger!

Am 13. September 2015 wird der Bürgermeister für die Gemeinde Rheurdt gewählt.

Bei dieser Wahl werbe ich um Ihre Stimme, um die erfolgreiche Arbeit der letzten fünf Jahre weiterführen zu können. In der letzten Wahlperiode konnten wir Vieles für eine gute Zukunftsperspektive für unsere Gemeinde umsetzen und mit einer guten Haushaltspolitik die besten Voraussetzungen für die Umsetzung neuer Ziele schaffen.

Zusammen mit dem Gemeinderat möchte ich in den nächsten 5 Jahren unsere Dörfer für die Zukunft fit machen und

- für eine Verbesserung der Nahversorgungssituation arbeiten
- neue, barrierearme oder barrierefreie Bebauungen in den Ortskernen entwickeln
- neue Baugebiete im Ortskern Rheurdt erschließen
- im Ortsteil Schaephuysen zielgerichtet Vorschläge zur Dorfentwicklungsplanung umsetzen
- die Verkehrssicherheit entlang der Landstraßen 478 und 140 verbessern durch Umbau und Ausbau der Fußgängerbereiche
- den Aus- und Umbau von Gemeindestraßen weiterführen
- eine generationengerechte Veränderung im öffentlichen Personennahverkehr erreichen
- mit den nutzenden Vereinen und dem Gemeindesportverband ein Sportstättenkonzept für die gemeindlichen Sportstätten entwickeln.

Ihre Stimme wird der Auftrag zur Umsetzung der Ziele sein!

Herzliche Grüße Ihr Klaus Kleinenkuhnen

Bürgermeisterwahl am 13. September 2015

科劳斯·克莱内库恩市长竞选宣传单上的八条城建措施

我觉得这个纲要实在简单了点，根本不像个市长的“宏伟蓝图”，倒像是办公室主任的具体工作记录，一点都不“鼓舞人心”。可我先生还不买账，他说，光说没用，得实现了才行。其实在德国当个市长挺不容易的，前几年我们小街后面的空草地被市政府规划建新住宅小区，土地卖给私人盖别墅。按规划，市政府要修条通向小区的新路，而新路要经过我们一家邻居的后花园。这家邻居的后花园很大，老两口根本用不过来，卖掉一块对他们来说是好事。但是市政府没钱，出的价格比他们的期望值低，他们不接受，于是不同意变卖。市政府没办法，只好修改公路规划。私有财产受法律保护，政府无权强行收购，就更别说强拆了。

在选举室我说明了自己的记者身份，挨个询问了监选义工和在场的选民，得到他们同意后，拍了几张本镇选举现场的照片。照片上这安静的场面（见142页），估计很难让人想象这里正在举行当地政府执政党和市长选举吧。

并不是所有人都对选举有兴趣，有各种各样的因素影响着投票率。尤其上了年纪的退休老人，他们阅历丰富，经历过无数次各种选举，亲历了时代变迁、各党派更替执政，对于政治人物提出的施政口号已没有新鲜感。他们一生勤劳工作，创造财富，为国家为社会为家庭做足了贡献，不论政府怎样换届，他们理所应当地享受幸福的晚年生活，这些国策不变。一个国家的体制和社会福利，是否能够保障老年人安稳地过着衣食无忧、健康安宁、有尊严的生活，应该是衡量一个国家是否繁荣富强、社会稳定、政府为民的基本标准之一。

翻译僵化"惹的祸"

回国时常有朋友饶有兴趣地问我，德国人为什么那么讲究纪律？那么死板？连朋友见面也问“你的秩序都好吗？”“你在秩序中吗？”我被问得莫名其妙，也很懵懂，没听说德国人这么问候啊。

后来我才明白，原来这是来自一句德国人的见面寒暄语“ist alles in Ordnung？”被某些人首先是僵化死板地就词论词，再加上传说中德国人非常严谨，遵守秩序，因而想当然地给翻译成了这副让人哭笑不得的模样了。

咱们还是从源头开始，细致地生活化地来理解这句问候句吧。

德语词汇 Ordnung 有多重意思：1. 整齐、有条理；2. 整顿、整理；3. 规则、

制度；4. 顺序、次序，等等。德国市政府有个机构叫 Ordnungsamt，不论城市大小，一般都设有这个部门，只不过有些地方叫另一个名字。我在网上查阅了关于这个部门的注解，它是指在德国和奥地利市政管理中的一个机构单位，其主要职责是预防地方公共安全及秩序受到妨碍和影响。

据我的生活经验，这个部门管理着公共社会秩序上的方方面面。在街上我们经常看到穿着制服的工作人员手拿仪器，检查路边违章停车情况。比如，在禁止停车的地方停车，在停车场停车时间超过停车小票上的时间等等，都会被扫描记录在案，不久一封罚款信就会给车主寄上门。如有些车停到了妨碍公共交通的地方，或停在了消防通道口，或别人的车库门口，违章车会被拖走，那么除了严重违章罚款，车主还得付吊车费用，那可是一笔大数目。另外驾车超速被拍照，按章罚款，也归这个部门管。此外还有很多其他方面，诸如，私人家的植物围墙长到了公共地界、新生儿注册名字、登记驾照、动物保护什么的，也都在他们的管理范围之内。

总之，此部门的职责就是管理监督社会秩序正常运行，制止一切妨碍社会秩序的违规行径。不知中国各市县地方政府是否有相对应的部门名字，这里且就翻译成“秩序局”吧。后来有位在德国地方政府工作的华人朋友告诉我，这个部门在中国叫“城管”。不过中国的“城管”不管交通秩序，德

国是把这些职能全归在一起，减少机关部门。

那么，在民间，人们互相打招呼时用到这个词，是不是也指“秩序”的好坏?

我非德语专业出身更非语言学者，我对这句德语的理解完全是在实际生活中学到的。我专门向我家老沃提出了这个问题，并不屈不挠地纠缠他开展讨论。在他被我刨根问底地追究提问而逐渐深化的解释中，我逐渐深入地领悟了这句德语问候语的含义和适用范围。

德语 Alles 意为一切、所有。当一位熟人在某处见到了你，很热情地与你握手或拥抱问好后，关切地问你：“ist alles in Ordnung？”（或简称 Alles in Ordnung？）这是在关心问候你的各方面，包括健康、工作、生活、家庭、心情等状况。如果你其他都好，只是健康有点问题，你可以这么回答：谢谢，是的，都挺好的，就是身体健康出了点问题，得了什么什么病。如果你失业了，可以回答：就是工作不太顺心，其他都好。再比如你离婚了，可以回答：前不久刚离婚了，别的都正常。当然，如果你不愿意说自己的事或没啥变化，就干脆简单回答：Dank！ Alles in Ordnung（谢谢！一切都好，一切如常）。

德国人此时的“Alles in Ordnung”，就是指自己生活的各方面都与自己的期望值一样，都在正常范围内。而不是所谓“所有的一切都在（社会）秩序中”。

至此，想必你已经懂了，实际上这句话就跟我们中国人见面时问：“好久没见了，一切都好吗？”或“都挺好的吧？”是同样的意思！

当然，此句问候通常用在不常见面的老朋友之间，彼此熟悉对方的过去，问问现在有没有什么变化。如果是初次见面的陌生人，不适合用此问候语。

但是，当有意外情况发生时，陌生人也可以这么问别人。例如，在街上突然有人不小心摔倒了，旁边的人会马上问他“Alles in Ordnung？”，或者看到有人脸色不好坐在地上，也会这么问。此时的用意是关切他有没有受伤，或是否疾病发作，以便能提供有效的帮助。此刻问此话的意思是“你怎么样？”或者

“你没事吧？”，而绝不是想知道，此时你是不是在“秩序中”！

我曾经在一个小公交车站等车时，看到一位等车的穆斯林孕妇突然脸色发白闭上眼睛，靠着站牌边的房墙慢慢坐下去。我赶紧蹲在她身旁轻轻问她：“Alles in Ordnung？”紧靠路边的房子里也有人看到了这情景，开门送来了一把椅子和水，让孕妇坐下休息。估计孕妇是低血糖，坐了一会儿恢复正常后她给家人打了电话，并告诉我们“alles in Ordnung”，说她没事了。此时此刻的“Alles in Ordnung”我想人人都明白，与“遵守秩序”毫无关系。

其实，中文词汇也有很多一词多义的情况，同一词语在不同情况下应用，表达的意思也不同，对于外国人来说，也是很难理解的，甚至会闹笑话。所以，多了解多求真尤显重要。

德国普通家庭缩影——勤劳善良的马科斯一家

- 德国小伙马科斯和双胞胎姐妹
- 爷爷的家乡情怀
- “世界唯一的儿媳妇”
- 莎拉和玛丽娅的王子花园
- 快乐的大家庭

德国小伙马科斯和双胞胎姐妹

入乡随俗的大男孩

认识这一家人，是通过他们家的长子马科斯(Max)，认识马科斯是通过我儿子，而他们的相识是通过德国传统的古尔珀思大学生联盟（Corps）。新入联盟的马科斯选择了我儿子做他的指导师傅，被我儿子接受。前面提到过，在大学生联盟中，这种“师徒”关系叫作“啤酒爸爸”和“啤酒儿子”。“啤酒爸爸”众多职责中的一项就是，当还未练就成熟自控力的“啤酒儿子”在各种聚会活动中喝多了酒时，“啤酒爸爸”要负责照看他，不能让他醉酒失态。就这样，他们

成为了终生的好兄弟好朋友。

第一次见到马科斯是我儿子带他和他大姐来尝地道的中国菜，我们在州府杜塞一家纯中国味的中餐馆请客。初次见面的马科斯给我的印象和大多数德国大男孩差不多，文雅淳朴，还有点腼腆。有点特别的是马科斯非常爱吃中国菜，什么都愿尝试，而不是像很多德国人那样只对酸甜味道的菜或烤鸭情有独钟。最让我吃惊的是，他连腌鸡爪都能啃得津津有味，而那东西连我这个正统中国人都无法面对。

对马科斯有更深更多的了解是在2011年秋，我们一家回国时去湖南祖籍寻根问祖，马科斯也跟了去。这是他第一次到中国来，开始时我很担心他会水土不服，生病拉肚子什么的，可他一路上能吃能喝，兴致勃勃，比我儿子还好管理。当我们乘火车倒长途汽车风尘仆仆地奔往连我都不熟悉的湖南老家时，无论是在乡村的泥土小路上行走，还是在远房亲戚家围着旧桌椅吃农家饭，或是不得不使用非常简陋的乡下厕所，他都是那么随遇而安。围拢来的村民和亲戚

我先生、儿子、马科斯与我湖南老家的亲戚合影。

马科斯，鸡爪子真有那么好吃？

马科斯平生第一次见到稻米。

和我聊家常时，他什么都听不懂，但脸上却没有一丝无奈或无聊的表情。他真诚的眼神里总是透着理解和尊重，让我非常安心。在各地的旅游景点，常有陌生人要和他这个洋帅哥合影，他一概来者不拒热情配合，让人家称兴满意。

第一次来到一个习俗完全另类、生活环境远不及德国的陌生国度，马科斯既不挑剔也没有显露出德国人的优越感，非但没给我们带来任何麻烦，还成了我们家庭的润滑剂，一路说笑打趣，使旅途平添了许多快乐和轻松之感。

马科斯生长在一个由祖父母、父母和五个兄弟姐妹组成的十口之家里，在人口出生率世界最低的德国，这样的大家庭实属罕见。去年，他从德国一流精英大学亚琛工业大学数学系研究生毕业，现在在北威州一家银行从事精算师工作，住在距我家不远的州府杜塞尔多夫市。若我们全家一道去杜塞尔多夫吃饭，常常叫上他。我感觉与马科斯聊天没有代沟，什么样的话题都能聊得融洽。如此善解人意的性情是怎么养成的？马科斯的成长心路历程和他的大家庭都引起我浓厚的探究兴趣。

双胞胎姐妹花

马科斯有一对小他两岁的双胞胎妹妹——莎拉（Sarah）和玛丽娅（Maria），这对漂亮的姐妹花生性活泼好动，爱说爱笑。前些年她们经济专业本科毕业后，

分别找到了不错的工作，一个在德国最大的零售业连锁超市配货中心做管理工作，一个做商品调配工作。对于女人来说，这应该是个很适宜的工作岗位，安逸、稳定、不用出差，但她们工作了几个月后互相一通气，一拍即合，一起辞职了。原因居然只是她们感觉她们从事的工作太乏味太没激情，每天八小时按部就班，细心熟练，不出差错就好，这不是她们的追求，不符合她们的天性。挣钱自立很重要，但按自己喜欢的方式快乐挣钱而自立更重要，不快乐宁可不挣这份钱，这就是她们的生活原则。

德国每个城镇中心的古老市政广场，不仅是大型活动或民间集会的场所，还是固定每周两到三天的蔬果集市。这种流动的集市经营方式来自于中世纪，是德国一直流传至今的生活传统。每当集市日这天清晨，周边的农庄或私人店家就会开来大篷车，在自己固定的位置上将大篷车拆开组装成货柜台，出售自家产的或批发来的新鲜农副产品。下午后半晌集市结束，大篷车收摊开走了，清洁公司的大型清洁车会将集市恢复成广场。所以，如果你想逛每个城镇的老城，按路标指示牌找到 Marktplatz，即集市广场，就能找到本地最热闹的老城中心、古老的市政厅所在地。

莎拉和玛丽娅辞掉正式工作后租了个售货大篷车，干起了在集市广场卖新鲜蔬菜的活儿，而且是跑到离家 500 公里远的德西古城亚琛市（Aachen）摆摊。之所以选择这里，不是因为这个美丽的罗马古城是德国第一个皇帝查理大帝的帝都，而是因为哥哥马科斯在此读研。双胞胎姐妹在这里租了房子安营扎寨，每周流动跑周边几个小城出摊卖菜，空闲时间就泡在哥哥马科斯居住的老日耳曼亚琛工大大学生联盟（Corps Palaeo Teutonia zu Aachen）的房产别墅里说笑聊天。大学生联盟的传统规则是不收女生，因为男人不能和女人比试剑术，不能和女人决斗，所以别墅里住着清一色的朝气蓬勃的高材生帅哥。活泼可爱、开朗漂亮的双胞胎女孩的出现，就像明媚春光，给这栋阳气过盛的庄重古建筑带

我们在杭州会合。

来了清风润雨。很快，莎拉和玛丽娅都有了心仪的男朋友，她们的卖菜大篷车周边时常冒出殷勤的谦谦君子，一路欢歌笑语地奔赴各个集市。

中国之行

双胞胎姐妹快快乐乐地在亚琛卖了三年菜。2013 年秋，我儿子和马科斯及另外两个大学生联盟的男同学准备一道来中国旅游。听过哥哥讲述中国之行的双胞胎姐妹对遥远的中国充满了好奇，数数账户财产，足以支撑两人来一次说走就走的中国之行，于是她们果断地退了大篷车，加入了帅哥们的旅行队伍。

尽管不懂中文，但对于从小就跟随父母各处旅行，长大了经常与朋友结伴出国度假的德国年轻人来说，自己订机票办签证，在中国网页上预订各城市的青年旅馆，制定旅游线路，完全不是问题。此行他们游历了上海、杭州、苏州、无锡，除了参观游玩各地风景名胜外，他们还近

出发前他们就在网上查好了杭州这家米其林星分店。

距离接触到了中国朋友。在杭州，他们认识了我介绍给他们的钱江晚报的年轻记者。年轻人之间总是有共同的兴趣，中国朋友带他们参观报社并请他们在报社餐厅吃饭，去茶楼喝茶，去迪厅蹦迪，一起玩得非常尽兴。这期间我和先生也飞到了杭州、上海，双胞胎姐妹叽里呱啦地向我们讲述着一路好玩的见闻经历和中国丰富的美味佳肴。不论是高档饭店的正宗菜系，还是街头小吃烤串，她们都吃得津津有味。

在上海一家饭店，马科斯跟厨师学做中国菜。

从中国回去后，双胞胎姐妹没有继续在亚琛卖菜，又开始了新的创业计划，她们在老家附近的历史名城科堡（Coburg）市中心搭建了一个夏日露天啤酒花园，经营啤酒、饮料和快餐小吃，当上了不流动的“个体户”。

莎拉和玛丽娅的职业选择，与一般中国人的人生观和事业观不太相符。在我们的观念里，上好大学读好专业，毕业谋到一份体面稳定的工作，成家立业，不仅是未来衣食无忧的生活保障，还是社会地位的象征，是整个家族的荣耀、引人羡慕夸赞的资本，也是子女成才、父母教子有方的表现。而大学毕业以后去摆摊卖菜、卖酒水小吃，岂不是不务正业，浪费资源吗？她们的父母家人怎么看待她们的选择？我对这个德国家庭充满了好奇，想要找机会亲自去他们家体会一番。

走过古石桥就到了小镇塞斯拉赫（Seßlach）老城门下。

爷爷的家乡情怀

传奇半生

在小镇中心的红公牛餐馆

2015 年 5 月的一个周末，我和先生驱车五百多公里来到了坐落在上弗兰肯地区葱郁原野中的古镇塞斯拉赫（Seßlach）——马科斯的家。马科斯父母经营着在当地很有名气的“红公牛”餐馆，餐馆上面一层作为客房对游客出

租，我们就在其中一间安顿下来。以度假为名的采访体验，就从在当晚预订好的餐桌上享用当地的传统美食开始，没想到第一个和我长聊的是他家78岁的爷爷。

客人就餐高峰过去了，老爷子放下手里的杂务，端着一大杯啤酒来到我桌前坐下，拉开了话匣子："我是个农民，我熟悉土地，熟悉森林，熟知农作物还有各种植物。我没读过大学，但我什么都会做，自己酿酒，做果酱，灌香肠，连农具坏了也都是自己修理。不过现在的大型农机我修不了啦，那得需要掌握新技术，我希望我家的后代们去学习新的农业技术。对于我的孙辈们，有两种特别的感觉总是缠绕在我的心头，一是他们个个健康活泼、聪明漂亮，让我很骄傲自豪；二是他们中竟没有人肯研究和继承农业，让我感到很难过。等我这个最小的孙子上大学，我希望他去学农业，因为农业是个很重要的行业，在任何时候任何年代，人都得吃饭吧，所以人类怎么能离开农业呢？"提起大孙子马科斯的职业选择，老爷子的表情颇有些忿忿然："马科斯那么好的孩子，大学毕业不回家，居然去了杜塞尔多夫银行？！"在他看来，杜塞尔多夫那样繁华喧闹的大城市不宜居住，银行工作更不是个正经职业，有个储蓄所能存钱取钱就够了，其他都没用。老爷子对金融行业不屑一顾的神情和语气不由得把我逗乐了，可怜那些衣冠楚楚、自我感觉超好的银行家们，在老爷子眼里不过都是些无用的会忽悠的家伙。

马科斯爷爷和我热烈交谈。

谈起他的人生阅历，老爷子的眼神渐渐朦胧，飘向远方："我这一生经历过很多事情，在二战中度过童年，成长在战后重建的艰难时期，一生都在辛勤劳动，靠自己的一双手，成家立业，养育儿女，不断创造更好的生活。”老爷子说，他经历过 12 次事故，一次劳动时他的后腰不慎受了伤，他忍着剧痛开车把自己送到了医生诊所。经检查他的脊椎骨断裂，整个后背不能动，当医生得知他是自己开车来的，无比惊讶地说："有些人被针扎破了手指都要叫医生出诊，你脊椎严重骨折居然还能开车上门？"

有一年冬天，老爷子在森林里伐木时失足滚落山坡，摔断了腿并全身多处受伤出血，倒在茂密的森林深处一动不能动。躺在寂静的冰天雪地时他想，这次恐怕活不过去了。因为他经常一整天出没在森林里，到晚上才回家，家人早

78 岁的马科斯的爷爷给我讲述着他丰厚的人生故事。

已习以为常，所以他以为没人会想到他受伤，不会来森林找他的。五个小时后，他的哥哥突然奇迹般地出现了，找到了奄奄一息的他，把他抬出森林送进了医院。医生马上要给他做手术，可他的体温只有32度，无法手术，他跟医生说，给我一瓶白酒，体温马上就会升上去。提起这段往事，老爷子还在不住感慨，哥哥这是第一次来森林里找他，拣回了他的一条命。我想，一定是森林之神暗中保护着他这个森林之子。

老爷子一生养育了四个儿女，但他只给我讲了他的小女儿。他的小女儿17岁时被一种可怕的野生吸血蜱（Zeche）叮咬了，头痛、发高烧、昏睡，可是医生没能发现病因，误诊为感冒，贻误了治疗时机，最后小女儿中毒身亡。他难过地说："医生只要翻开她的眼皮看看，就会明白是被Zeche叮咬了，可是他却没有。"小女儿的不幸夭折，是老爷子心中一生无法痊愈的伤痛，挺过了各种磨难的铁汉子却一直挺不过丧女的悲伤。中国父母德国父母的惜子深情都一样，可怜天下父母心。

与老城的渊源

德国行政区的划分一直沿用中世纪的建制，这个于1335年用厚厚的城墙和高高的三座城楼紧密围起来的古城虽然很小，如今却依然延续着当时的"城市"封号——塞斯拉

塞斯拉赫古镇就像一副清凉剂，让人宁静怡然。

塞斯拉赫古镇最早的小学堂

赫市。老爷子是地道的本地人，祖祖辈辈在这块森林环绕的绿洲上繁衍生息，代代为故乡竭心尽力。1886年他的曾祖父担任过本地市长，1972~1986年他的父亲又出任市长。二战结束后，战败的德国人开始在废墟瓦砾上重建家园，同时还承担着巨大的战争经济赔偿，他们真可谓忍辱负重，努力顽强。老爷子的父亲当市长时，正值德国工业发展处于高峰期，但他没有拆掉旧城，开发建设新型现代化城市，而是对家乡破旧的古城进行保护维修。小地方没有大工业，缺乏资金，市长四处化缘，到处游说，努力争取援助，亲自带领居民在古城墙外面规划新区建设，而在古城内一砖一瓦地修复了古屋古街原貌，使这座中世纪古城焕发生机，完美地保留了下来，成为人们旅游度假、领略传统民风民俗的好去处。对于父亲，老爷子充满敬意："我父亲保护了老城，还在城外新区建立了一所新学校，

古色古香的塞斯拉赫小镇街景

使家乡的孩子们能够就近入学受教育。”

德国的政府官员没什么特别地位更没有特权，有的只是使命和责任。担任市长14年间，老爷子的父亲为家乡做了许多好事，至今还被人称赞，但作为市长的儿子，他依然在家乡从事农业。聊起自己的家乡，老爷子的豪情溢于言表：“我喜欢周围大片大片的森林树木，我还是个很不错的猎人，有狩猎证，喜欢打猎，但我现在只是去森林里巡视。我们在森林里架设了好多瞭望架，观察和保护小动物，冬天要在森林里挂很多小鸟木屋，为它们投食，以便帮鸟类和小动物们安全过冬。森林是我们的恩人，馈赠给人类财富，人们应该像爱护自己一样爱护森林，爱护大自然。”

餐馆墙上挂着老爷子的猎物。

老爷子说：“我在家乡度过了一生，熟悉这里的每一条街道、每一栋房子、每一个窗户，认识窗内的每个家庭和他们的祖先，我知道这里的每个故事。我觉得，哪里都没有我的家乡好啊。”说着说着，他竟然用很好听的男声深沉地唱起了家乡民谣：“我在这里出生，在这里长大，将来也要埋在这里，我还要看这里的山，这里的水，这里的田野，还要听熟悉的乡音……”一瞬间，我心底那最柔软的地方被深深触动，眼角一下子湿润了，原来拥有深厚家乡情感的人，是那么幸福、满足、踏实。

在这个看重历史文化、珍爱传统民俗的西方国度里生活了小半生，我已将所居住的田园小镇当成了第二个故乡，越来越喜欢这里安详宁静的生活。只是遗憾，这里不是我的故土，没有我的童年，缺少在渴望童话的年纪里听妈妈描述祖籍故居时的那种亲情憧憬。每个人都渴望寻求自身的源远流长，可在我的家乡城市，出生长大的苏式红楼早被推倒了，长满花木的小学校园被拆掉了，采过蘑菇的山林被削平了，抓过小鱼的河溪干枯了，众口皆碑的老字号饭店成了俗气的豪华大酒店，最喜欢光顾的新华书店，被遗落在喧闹繁华的商业大街的角落里寂寞了几年之后，终于也销声匿迹在美容中心的霓虹大招牌下。家乡，已失落在千篇一律的陌生的高楼和水泥森林里，失落在满目满眼的朦胧中……我放下记录的笔，悄悄擦拭了一下眼角，带着羡慕和敬重之心和老爷子干了一杯他家乡的自酿啤酒。

“红公牛”老餐馆里挂着老爷子的老照片。

“红公牛”餐馆

老爷子一家以前住在古城墙外一个很大的农庄里，马科斯和姐妹们都在农庄里出生，并在那里度过了无拘无束的快乐童年。农庄里饲养的牛、羊、鸡、鸭、鹅、狗都是孩子们的宠物。后来，一家机构为建立残疾人培训学校和福利院看中了他们的大农庄，出好价钱买了下来。老爷子用这一大笔钱将古镇中心一座建于1620年的酒馆老房子盘下来，修缮装饰，创建了烹饪传统地方风味美食的“红公牛”餐馆。做得

小镇街景

一手地道家乡菜的奶奶亲自掌勺做大厨，儿媳妇也就是马科斯的妈妈做厨房帮手，老爷子和小儿子也就是马科斯的爸爸做跑堂并打理一切外务。一家人齐心协力勤勤恳恳，重信誉讲质量，没几年，“红公牛”餐馆就声名远扬。

这栋古韵十足的老房子是他们家的游客度假屋。

老爷子说，他们一直选用优质食材、新鲜肉禽，并采集田园的植物自配佐料，配咖啡的蛋糕也是他老婆用家传的方子自己烤制。对于某些被查处的店主为图便宜引进来自国外的没经过检疫的肉禽，老爷子一脸的不屑和气愤，指责他们不配做餐饮。在德国，几百年的家族企业及餐饮业到处都有，他们都是像老爷子那样将名誉和信誉看得比挣钱更重要的人，所以才成就了代代传承、众口皆碑的优秀品牌。

像塞斯拉赫这样如珍珠般镶嵌在田园绿野中的中世纪古镇，是深受德国人喜爱的周末郊游的好去处。没有商业区的川流人群，没有热门景点的喧闹，人们尽可踩着幽静的石子路，在窄巷里悠闲地逛来逛去，端详石体厚重的老城门，欣赏雕梁画栋的木架老屋，然后坐在几百年历史的老餐馆里，喝超市里买不到的当地自酿啤酒，吃传统的地方特色菜肴，甚至留下过个只闻梆声的中世纪老

客房窗外静谧的古镇夜景犹如一幅优美的中世纪油画。

夜。马科斯一家人不仅勤劳而且很有经营眼光，积攒下钱后他们将紧邻的一栋老房子也买了下来，改建成很有特色的私家客栈，提供给游客。

客房整洁，一尘不染，配有居家般的原木家具，我们住得非常舒心。

夜幕降临，不过夜的游客们心满意足地出城了，再不走古城门可就要关上了。我们回到楼上的客房，古香古色的老房子，洁净的新式卫生间，很有品位的原木家具及洁白的床具，处处温馨而又舒适，可见主人之用心。推开占满一面墙的窗，幽蓝夜空下，老式路灯静静地散发着橙黄的柔光，在一栋栋德国传统桁架老建筑上投下光晕，花影袅袅树影婆娑，撒落在碎石街上。这透着神秘的古镇朦胧夜色，被老木窗框框住，犹如一幅优美的中世纪油画挂在墙上。

如此静谧的中世纪之夜，正好用来酣睡，可我却无法入眠。老爷子的一席长谈犹如翻开了一本厚厚的迷人小说，让人不忍合卷。

红公牛餐馆

ROTER OCHSE Seßlach

送你一杯德国
传统自酿啤酒

凡持本书来红公牛餐馆用餐者，皆可获赠一杯免费的地道的当地啤酒作坊自酿的德国传统特色啤酒！并可请马科斯爷爷餐馆一家人签名或合影留念～

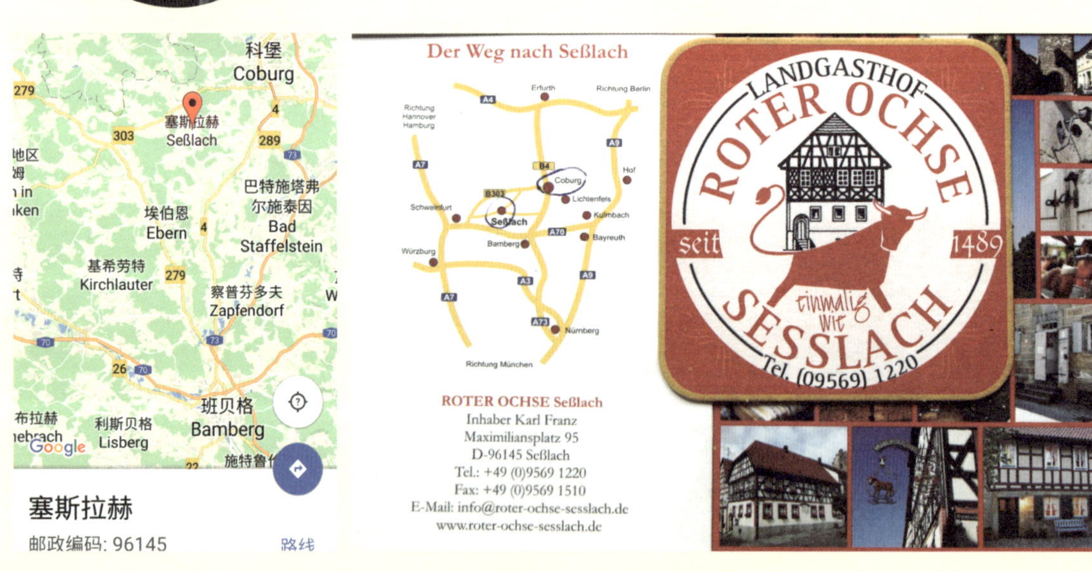

店长：卡尔·弗兰兹 （Karl Franz）

德国南部拜尔州（Bayern）塞斯拉赫古镇（Sesslach）马西米利安斯广场 95 号 （Maximiliansplatz 95）距德国历史名城班贝格（Bamberg）北约 40 公里处，距历史名城科堡（Coburg）约 13 公里。

ROTER OCHSE Seßlach - einmalig wie Seßlach!

www.roter-ochse-sesslach.de

第二天早餐时见到了马科斯的母亲芜丝。

“世界唯一的儿媳妇”

六个孩子的母亲

直到第二天清早，我们才见到马科斯的母亲芜丝（Usthi）。经历了餐馆最忙碌的周六晚上，今天她又早早起来，为过夜的客人准备丰盛的早餐。德国人普遍重视早餐，尤其周末的早餐，可他们家的早餐真算是我所见过的最琳琅满目的那一类，各式片肠、各种口味的果酱、各种果汁、酸奶、麦片、鸡蛋，还有一满筐的大小面包和一大壶咖啡。这一桌子慢慢吃下来，中午都不用吃饭了。他们家的早餐太实惠了。

芜丝五十出头，是那种一眼看上去就能让人产生好感的女人。她生养了六个孩子，每天忙碌于餐馆、客房，操持家务，很少有休闲时间，可她淳朴亲切的脸上竟不见任何疲惫的皱纹。她一边对昨晚无暇关照我们表示抱歉，一边和我随意聊起来。

红公牛餐馆上面一层全是客房。

芜丝生长在附近的一个小镇，16岁时嫁给了当时18岁的卡尔（Karl），17岁时生了第一个孩子，随后以每隔一两年生一个的频率，到23岁时已成为五个孩子的妈妈。这在习惯晚婚晚育甚至不愿生育的德国人中绝对是个奇迹。更出奇的是，当大女儿23岁、最小的双胞胎女儿也快满18岁时，四十出头的芜丝又生了一个胖乎乎的可爱男孩，为五个哥哥姐姐赠送了一个金发碧眼的娃娃，他成了备受全家人宠爱的小宝贝。

芜丝来自信仰基督新教的家庭，而卡尔家及全镇人都是天主教徒，我对他们的结合感到新奇，以前天主教教徒和新教教徒是不能通婚的，虽然都是上帝的子民，一棵树上的两个分叉，可两个教会之间曾泾渭分明，互不相容。德国宗教改革家、传教士马丁·路德是基督新教创始人，德国是基督新教的发源地，也是三十年宗教战争的起源地，17世纪中叶发生在欧洲大陆的三十年战争，是新老基督教派之间残酷的生死搏斗，因信仰分歧而导致无数生灵涂炭。这段历史可谓错综复杂，影响深远，已经成为欧洲历史学中一门重要的学科。异教徒之间的通婚是背叛信仰，大逆不道，几百年前是要被驱逐出家门的，甚至直到

芜丝的丈夫卡尔爱调侃说笑，乐与人打交道。

20 世纪中期，还在被保守的忠实信徒所不容。我的婆婆和公公就是异教徒婚恋，她父母虽然没能阻止得了，但一直耿耿于怀。

芜丝笑道，到他们结婚的时代，异教徒间的通婚已经完全不是问题了。每个孩子的洗礼及周末全家去做礼拜时，她都会陪着全家一起去镇上的天主教堂，当她自己去教堂时她会独自去镇外的新教教堂。她认为，相互理解相互尊重才最为重要，不同的教会并没有给他们的家庭生活带来麻烦。

芜丝说，她的婆婆做得一手好菜。家里的红公牛餐馆刚开业时，婆婆做主厨，她打下手，就这样跟着婆婆在实践中学会了烹调手艺。后来岁月把她们调换了位置，她升为主厨，婆婆打下手。近几年她年纪也逐渐大了，又增设了家庭旅馆需要打理，大学毕业的二女儿娅妮娜（Janina）便辞了工作，回归家庭餐

馆当主厨，芜丝又回到打下手的岗位，而婆婆基本不再帮厨，只负责给自家人做饭吃。一家三代“名厨”女人成就了红公牛餐馆的美味佳肴。可芜丝却很谦和地说，她不太喜欢和人讲话聊天，更愿意在厨房里忙活。她丈夫卡尔天生擅长与人打交道，调侃说笑，活跃气氛，特别适合做跑堂，应对各种场面游刃有余。她认为，这种女主内男主外的经营方式很适合他们家庭，每个家庭成员都在自己喜欢的位置上尽心尽力。

家里的每个孩子从中国旅游回来，都会兴致勃勃地给父母讲述一路见闻，还带回了丝巾、杭州茶叶等礼物。对于孩子们开心、长见识的旅行经历，芜丝很高兴，也间接认知了在地球另一边的古老国度。她很感谢我们所提供的帮助，我则感慨她的孩子们都那么充满爱心，尤其马科斯，他是那么善解人意、入乡随俗。芜丝说，农庄生活对于马科斯来说并不陌生，他从小就亲近大自然，亲近动物，课余时间经常帮家里做事，帮爷爷巡视森林。她的这番话已经揭示了答案，和睦勤劳的父母和祖父母，亲密友爱的兄弟姐妹，以及置身大自然的成长环境，造就了马科斯善良随和、热爱田园的个性。可我也知道，中国偏远乡村的生活与德国的农庄生活，无法同日而语。德国好小伙马科斯最重要的还是有一颗纯真博爱的心，这应该来自家庭的熏染。

红公牛餐馆后面的这栋老楼被卡尔夫妇买下并在后院开设了啤酒花园。

后院的啤酒花园

这天天气很好，蓝天白云伴着艳阳，早餐后我和先生驱车去了十多公里外的科堡古城，寻访双胞胎姐妹莎拉和玛丽娅。傍晚，当我们满载收获返回时，红公牛餐馆后院的啤酒花园已热热闹闹地坐满了客人，卡尔和几个来打工的年轻人端着啤酒、盘子来回穿梭，这场面让我精神一振，颇有点中国大排档的阵势了。我们找了个葡萄架下的空桌坐下来，等待着服务员来点餐。

德国人发明了啤酒，也发现了啤酒 7 度左右的最佳饮用口感，不管什么季节他们都要把啤酒冰到这个温度才喝。德国饭店都建有啤酒桶冷库，安装有啤酒管道通向前面的酒吧台，通过吧台上的啤酒管道龙头打出一杯杯冰啤酒，再端给客人，绝不可以直接呈上酒瓶子。德国人对打啤酒有着严格的要求，一定要现喝现打。打啤酒需要技巧，如果打开开关直接灌，杯子里会全是泡沫，必须将杯子斜着，让啤酒沿杯壁慢慢流进去，放下酒杯待上面的泡沫慢慢沉淀，再斜打，来回几次直到杯口隆起一层紧实的白酒沫而又不溢出杯外，才算大功告成，可以端给客人饮用了。杯子里泡沫太多是欺客，没有泡沫则是不新鲜。我先生在家独饮时，也是这样耐心地将一瓶啤酒慢慢倒入杯中，直到杯口慢慢隆起白沫。他说，这样倒进杯的啤酒才好喝。德国人真是把什么事情都琢磨到了极致，并享受这个极致。

为了这个最佳口感，客人也是很有耐心等待的。如果你点个啤酒，服务生马上就端来了，那一定是已经放置了有一些时间的，一般餐馆是不会这样做的。但就因这个最佳口感，客流高峰时那种手忙脚乱，我领教过崩溃过，这个打啤酒技术我刚来德国在餐馆打工时练了好久，还是疲于应付。可不远处，78 岁的老爷子站在吧台前，那份从容淡定，手脚麻利，让我感叹折服。他们家的啤酒既美味又便宜，啤酒酿造作坊就在隔壁，没有运输成本。

夕阳西斜，将绚丽的金辉洒落在啤酒花园里享受周末的团团围坐的一群群人身上，也将楼上的木格老窗、外廊的木围栏及围栏上的簇簇盆花，映染得色

卡尔夫妇带我们参观隔壁开业于1335年的老啤酒作坊，这里建有地下啤酒管道直接连接餐馆。德国人最喜欢喝这类地方的传统自酿啤酒。

夏日里，啤酒花园总是热热闹闹地坐满了客人。

彩斑斓。

芜丝出现在楼上外廊的木栅栏里，好像在收拾着晾晒的衣物。周末餐馆雇了好几个年轻人做短工，这会儿客流高峰已经过去，厨房轻松了，芜丝闲暇之余又开始打点家务。我想起了老爷子对她的评价："我的儿媳妇，她是天使！她养育了六个孩子，相夫教子，勤劳持家，任劳任怨。"老爷子伸出手指作 OK 状表示称赞："她是世界唯一！"一个公公对儿媳妇竟有如此高的评价，如此发自内心的赞美、由衷的敬重，我有生以来第一次听到……

我先生说过，他感觉中国人和德国人有共同的理念基础。对于他这种说法我和中国朋友都不太认同，中国人和德国人之间的思维方式和观念的差异明明很大。直到有一次，他再次提起这个看法时多补充了一句：中国人和德国人都非常勤劳。原来他说的"共同的理念基础"是指这个。这次深入马科斯家庭，我对先生的这个想法有了一些理解，德国人大都确实非常勤劳，诚恳踏实，马科斯家就是"靠勤劳致富"的典型。

Altes
Zollhaus
Hotel
H
Zickenhainer

莎拉和玛丽娅的王子花园

周日这天上午，我们开车来到十多公里开外的历史名城科堡（Coburg），准备探访双胞胎姐妹花的啤酒花园。不料，刚进老城就被古色古香的街景及贵族气息浓郁的古建筑吸引住了目光，我们就先游览起古城来。万万没料到，在山上的伯爵城堡里我们居然看到了保存完好的中国清朝火炮。在德国生活二十多年这是头一遭呀！

在这里居然看到了中国清代1689年制造的火炮。

一路观赏，一路拍摄，不知不觉我们走到了

德国历史名城科堡（Coburg）城中心广场

歌剧院公园。公园前大片树荫下坐着很多喝酒闲聊的人们，看到这样的地方我先生无法移开脚步，不喝上一杯绝对不肯罢休，于是我们找了个树下的空位坐了下来。酒吧棚里有两个金发碧眼的漂亮女孩在忙乎着招待客人，定睛细看，惊喜万分，原来正是双胞胎姐妹莎拉和玛丽娅，真巧，我们正好走进了她们的啤酒花园。

此处位于老城步行街边上，进城公路从这里环过，市中心公交车站也在旁边，这里还是去山上公爵宫殿古堡的路口，出城进城的人们路过这里，免不了会坐下来小歇一下，喝点什么，吃点什么，这样的地理位置真适合建座快餐啤酒花园。环视

漂亮的双胞胎姐妹莎拉和玛丽娅正在忙活着。

科堡城山上的伯爵城堡

在这座伯爵城堡的宫殿前陈列着两门古炮，一门是欧洲制造，一门是中国大清制造。

科堡歌剧院公园前的露天王子啤酒花园

周围客人，男女老少各等年龄都有，空旷、露天的环境，宽松的距离，使人尽可无拘无束放松说笑而无须担心打扰到别人。旁边还设有小小的儿童游乐场地，带孩子出游的父母可以坐在旁边消停地吃喝。看来这对姐妹确实很有经营头脑，并做了细致的市场考察。

两位高大的摩托车骑士走了过来，一手拎着摩托车帽，一手举着特大啤酒杯，在我们旁边的空桌上坐定。他们脸色红润，满头热汗，一大口带着白泡沫的黄澄澄的清啤喝下去，凉爽的惬意立刻洋溢在他们脸上。1公升容量大小的厚重的巨型啤酒杯，在他们硕大的手掌中轻松地举来举去，竟说不出的和谐。在我的拍照请求得到他们同意之后，他们自作主张地配合着举起大酒杯，露出快乐的憨笑。他们是摩托车爱好者，经常周末结伴在盘山公路及原野中飞驶过瘾，这个路边啤酒花园对他们来说，就是及时出现的“加油站”。

两位满头大汗的摩托车骑士惬意地坐下来给自己“加加油”。

打量着两姐妹出出进进、手脚麻利地忙碌着的身影，感觉较之父母的经营之道，她们缺少那份淡定从容和不慌不忙，但多了动感韵律和青春活力，而这正是开露天啤酒花园所需要的。在“红公牛”这样的老字号餐馆进餐，大都是来品味特色佳肴，消遣烛光下的悠闲，享受深沉的情调，这样的老时光需要穿着得体，从容不迫，轻声慢语，渐入佳境。而在城市露天啤酒花园中，是流动的客人，他们走饿了，玩渴了，需要大杯喝酒和便利快餐，配合尽兴谈笑。两个活力四射、充满青春魅力的女老板恰好发挥出了她们的特长。

待酒吧棚前不再有点餐的客人，我们上前点了啤酒、冷饮及火腿煎土豆，两个女孩立刻认出了我们夫妇，在打啤酒做快餐的空隙里，开心地和我聊起天。双胞胎真是心有灵犀，俩人配合默契，工作协调，连说话的神态和大笑的表情，都那么整齐划一。她们说，这座邻近老家的历史名城是旅游胜地，游客很多，在此开设一座露天啤酒花园，一直是她们的梦想。她们看中了老歌剧院前面这片偌大的树荫地，设计好了方案，备足了材料，向市政府提交了租用申请和经营许可。这块地方一直闲置着，政府也没有具体的规划，租赁出去能收租金，而且建啤酒花园只需搭建棚子，摆上些桌椅，对地面没有任何的改变，政府很乐意。她们用小石子铺平地面，盖起屋棚，安置了各种必需的电器设备，在树荫下摆上座椅，啤酒花园就开张了。她们还给它起了个浪漫的名字——“王子

双胞胎姐妹真是心灵相通，连神态笑容都那么一致。

花园”。家族的影响、经济学专业知识、集市卖菜经验，成就了她们的经营模式，开张一年生意还不错。缺点就是得靠天吃饭，尤其冬季，至少3~4个月不得不关门歇业。她们就利用冬闲时间自修函授大学研究生课程，生活很充实快乐。

我突然醒悟，她们所创造的这个动感十足的梦想之所，已经让我看到了之前问题的答案：职业本身并无高低贵贱之分，做自己喜欢的又能发挥出自己才能的工作，就是最佳职业选择。

莎拉 & 玛丽娅 de 王子啤酒花园

Prinzengarten

送你一杯德国
传统自酿啤酒

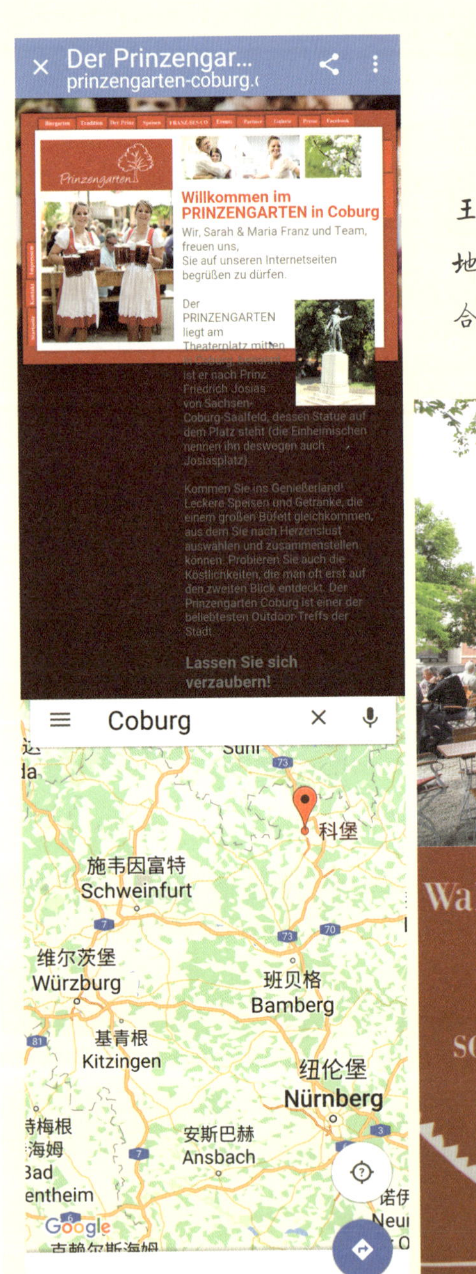

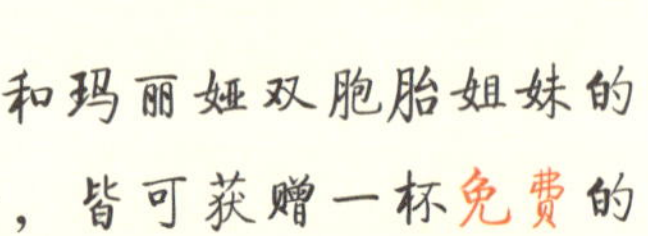

凡持本书来莎拉和玛丽娅双胞胎姐妹的王子啤酒花园用餐者，皆可获赠一杯免费的地道的德国传统特色啤酒！并可与美女店主合影留念～

店长：莎拉 & 玛丽娅 · 弗兰兹 （Sarah & Maria Franz）

德国南部拜尔州（Bayern）科堡市（Coburg）歌剧院广场 13 号（Theaterplatz 13 ）

LANGENs
WEINSTUBE
AHR-WEINSTUB
Café
Wein aus deutschen Landen

快乐的大家庭

全家共进早餐

这般家庭早餐的阵容很少见。

第三天周一，是他们的“周末”，红公牛餐馆关门休息，双胞胎的“王子花园”也歇业。芜丝邀请我们夫妇俩和他们全家一起共进丰盛早餐，我终于和他们全家人齐聚

一堂。

爷爷、爸爸、马科斯、妈妈边吃边聊天。

他们家的长女卡蒂恩（Cardin）昨晚从工作的瑞士城市回来了，多年前我们曾见过一面，她依然那般柔顺，亲切地和我拥抱问候。她的性情太像妈妈了，谁家娶了她也一定会得到一个“世界唯一的儿媳妇”。大帅哥马科斯正休年假，也从杜塞赶回了家，看到我们自然高兴地拥抱，问长问短。我最想见到的“洋娃娃”——12 岁的小帅哥力欧（Leo）坐在角落里，仰起带点婴儿肥的圆脸，眯着一双被长长的睫毛覆盖着的蓝眼睛，甜甜地向我们问了个早安，那尚未醒透、睡眼惺忪的神态，真像一只可爱的小猫咪。可以想象，这个上帝送来的可心宝贝，该多受全家人的宠爱。可小力欧没一点骄纵任性，自己照料着自己，安静地听着大家聊天。

全家人的宝贝小力欧自己照料着自己，安静地听着大家聊天。

早餐用毕，趁着全家人都在，我要给他们拍个全家福，年轻人们热烈响应着，先涌出了大门。在等待父母的这会儿工夫他们就互相打闹起来，双胞胎是最活跃的，长子马科斯显然没得到敬仰，我想象着这五个年纪相差不多的兄弟姐妹小时候的情景，不由得问道：“你们小时候打架吗？”

马科斯抢着回答：“打呀！她们联合起来打我一个。”

老爸诙谐地说，打呗，我又不是警察。

我又问刚走出来的父母：“孩子们打架时，你们怎么处理呢？”

卡尔诙谐地耸耸肩说：“打呗，我又不是警察。”全家人都乐了。

我不知又说了句什么，这一家人哈哈大笑起来，他们的笑容那么阳光灿烂，那么快活纯净，那么富有感染力，我心里盈满了羡慕和感动。

吃完早餐，马科斯充当司机带着兄弟姐妹去购物。

在与马科斯聊天时，我曾婉转地打探，他的父母对双胞胎妹妹大学毕业辞去白领工作自营小生意，是否曾经干预。他居然听不懂我的问题：“干预？哦，父亲有很丰富的经验，帮她们设计了吧台上的啤酒开关管道。”他的答非所问却一下子拨正了我的思路。德国父母有着完全不同的育儿观，他

们尊重子女的意愿，不干涉他们的职业选择，更不会把自己的想法强加给孩子，并认为那样是对孩子好。他们认为，每个人都应该按自己的想法去生活。

回家的路上我的心境豁然开朗，三天来，在这个快乐的大家庭的每位成员身上获得的意外收获，远远超越了我先前的期望值。在他们家里，我切身感受到了什么是“正能量”。

在红公牛餐馆巧缘结识了当地女作家安娜丽泽夫妇。

图书结缘

红公牛餐馆内四周摆着好多书，我还带回了一本。这缘于一个巧遇。在餐馆的第一顿晚餐，我们与一对德国夫妇同桌，我和这位夫人彼此一见如故，交谈甚欢。她名叫安娜丽泽（Anneliese Hübner），是当地教育机构的官员，也是位作家，有着热爱家乡热爱自然的柔心衷肠，有着敏感细腻的观察力和记忆力。她多年深入采风，了解传统习俗，查阅历史资料，出版了一本叙述当地历史故事、民间传说、文化习俗并配有真实历史照片的书——《年复一年，又是春夏秋冬》，其中还将马科斯祖孙俩的故事编进了书。她说，他们夫妇是马科斯家的老朋友，每周六都要来红公牛餐馆小酌，每次都固定坐在这张小桌上消遣温馨时光。她感叹，马科斯的爷爷是当地名人，他的人生故事很精彩，他也是一本无所不知的活字典，为她提供了很多写作素材。

安娜丽泽指着旁边的长桌，笑眯眯地跟我说，几年前她在这里见过我，当

当地女作家安娜丽泽写的书——《年复一年，又是春夏秋冬》。

时我和一群中国人来这里吃饭，当时他们夫妇也坐在这张小桌上吃饭。我惊讶得不敢相信自己的耳朵！是的，几年前的秋天，我们夫妇和几家中国朋友在离此不远的地方度假，专程开车到这里吃他们家的烤野鸭。虽然德国野鸭遍地，但却极难吃到野鸭，而马科斯爷爷有打猎证，秋天允许猎野鸭，他们家这道烤野鸭菜颇有名气，是我儿子介绍给我的。

那是我第一次到这里来，当时和马科斯家人并不熟悉，享受完独特的美食，我们一群人就心满意足地离开了。没想到，就那么一面之缘，安娜丽泽居然就记住我了，只能说这是缘分！当她听说我也在写书，而且也要写马科斯家的故事时，大有“巧遇故知，心有灵犀”之感，我们越聊越投机，越聊越知心。她临走时邀请我们下次再来时去她家做客，而我临走时，芜丝在餐馆四周的书堆里找出了《年复一年，又是春夏秋冬》这本书送给了我。

书中描写了马科斯爷爷的人生故事。

车在森林原野中飞奔，我在沉思中亢奋：一定要带中国朋友们再来这里度假，穿越中世纪，享受传统美食，靠近太阳能，吸收热量。

写在后面

洪莉

生活，远比小说更丰富多彩，比戏剧更变化多端。就在本书完稿交付出版社排版印刷的数月里，生活就像电视连续剧，依然不时将那些你事先无法预料的状况，突兀地推到你面前，让你愕然面对，也触发你思考领悟、积累阅历。

婆婆突然仙逝去了天堂

在本书的“德国食品医疗”篇章里，我讲述了我的德国婆婆不慎滑倒造成大腿粉粹性骨折，被医疗护理中心及时获悉求助信号紧急送院救助的经历。那时，我们正乐观地准备接老人家病愈回家，继续她任性的我行我素的安逸生活。

在为她做接骨手术的前一天，外科主任医生、主治医生等一行医生到病房例行查房，医生和蔼地问候老人家身体感觉如何。已经吃药控制住疼痛的婆婆神情一如既往地自信，满不在乎地说：半年多前我在你们这里住过院治疗糖尿病，已经住够了。现在挺好，要不是摔了一跤我才不来呢，这周我还有生日聚会要参加呢。

医生们笑了，又问：“上次出院以后有没有哪里不舒服？”我婆婆挥挥手潇洒地说：“护士每天来给我打胰岛素，什么事都没有，哪也不痛，就是4个月掉了25公斤体重。”

听了老人家大大咧咧的话，几位外科医生互相对视了一眼。我感觉，他们没有忽略老太太的玩笑话，好像在捕捉什么信息。主任医生平心静气地对记录的医生说，手术后请给她安排做内脏检查。

婆婆的接骨手术很成功。但是随后所做的内脏检查结果，却令人无比惊愕不敢相信……医生告诉我们，在老人家的器官内发现了大量癌细胞。

后来进一步的检查确诊，婆婆得了胃窦癌，晚期，并转移布满肝脏。医生说，几乎无治愈希望。我们完全懵了，无法接受这个太出乎意料的现实。

婆婆这一生身体很好，一直挺胖，除了去年因查出糖尿病而接受治疗外，她几乎没得过什么病，没住过医院，也极不爱看医生，不去体检。近来，她时常感觉疲倦，没胃口吃东西，她认为是服用糖尿病药物导致没食欲。我们经常做些可口的食物给她送去，因她酷爱甜食，沃夫冈总为她买专门为糖尿病患者特制的甜食、甜饮料，极力劝说她多吃东西，保证营养。可她吃得很少，体重下降很多，从85公斤降到了60公斤。但她精神状态一如继往，我行我素，健谈自信，每天与两位开车上门来的老闺密喝咖啡聊天，下棋玩牌，交换书看。根本看不出她身体有病。

德国规定，医生要为成年病人的健康状况保密，而且医生须对病者本人直述病情。但是，我婆婆的情况比较特殊，她在前几年神智很清醒时就签署了医疗保险公司发放的对于自身今后健康状况处理的法定文件，其中有当医学诊断脑死亡时，放弃任何抢救措施，不以靠插鼻饲的植物人方式生存，不做任何痛苦又无意义的医学治疗。本人生病期间的治疗方案和决定，全权委托长子沃夫冈负责。

所以，每当医生和老太太说需做检查做治疗时，我婆婆总是潇洒地一挥手：“请和我儿子说去，我不管。”沃夫冈将母亲签署的文件交给医院备档，并留下手机号码，以便医生随时联系他。而在此之前上班时，他的手机从来都是留在车里的，工作时间不接私人电话。

沃夫冈与医生探讨后一致认为，我婆婆的高龄和术后身体情况已无法承受痛苦的治疗尝试。沃夫冈不愿母亲遭罪，也不希望她得知真实病情，精神上受打击。这种决定得到医生的认同。

每天，老沃下班就直奔医院看望母亲。老太太除了依然没胃口其他都正常，她和同房病友谈天说地，话不绝口。每次看到面若桃花、皮肤细腻得无一块老年斑的婆婆，我实在想不通，没有工作压力，没有精神烦恼，食品健康，生活安逸，无忧无虑，她有什么理由得癌症？莫非癌症，真是无道理可讲、防不胜防的魔鬼？

在本书的写作过程中，我常向婆婆询问打听小镇历史，邻里逸事，人物渊源。她没受过高等教育，但她有个特殊天赋：记忆力超凡。加之她一生爱阅读，真可谓无所不知，无所不晓。她脑子里有座丰厚的档案库，问什么，她都能有条不紊地取出资料，原原本本地陈述。邻居们称她是“活字典”。就连非常自信、在我面前绝对嘴硬的老沃，在我没完没了的问题面前，都常会说“这我可记不住了，得问我母亲”，或者“这事我真不知道，但我母亲肯定知道”。

婆婆送给我好几本小镇历史老照片书籍，还有她自己收藏的老物件老照片，对我写这本书提供了翔实的资料和帮助。她也非常期待着书的出版。在她精神养好了些的时候，我把电脑带到病房，将出版社编辑发来的排版样书，一页页翻译展示给她看，她很高兴，总是问我：书什么时候出版，我能看到吗？我安慰她，当然当然，你肯定能看到，看你的照片多好看！她笑。

在术后恢复治疗三周后，医院将我婆婆送到一家康复疗养医院，在专业康复医生指导下继续康复治疗和体能恢复训练。本来我们乐观地期待着，在安宁舒适、鸟语花香的康复医院里，她能更快恢复健康，出院回家。不料，在康复医院的第一周，婆婆还可以在护士的监护下用仪器练习行走，还被护士推去玉兰花和郁金香盛开的花园里散步，第二周却急转直下，体能日渐衰弱，神智开始恍惚。

这天，我们一如往常开车到距家三十多公里远的康复医院看望婆婆，送换洗衣物。看到我们进来，婆婆说，“我要去贝鲁特（Beirut）了。”贝鲁特是黎巴嫩首都，公公年轻时曾任德国西门子公司技术教员，曾到叙利亚为西门子培训技术骨干。当时很少有从欧洲直飞东方各国的航班，他们往返德国时都要在贝鲁特机场转机。她这没头没脑的话，让我们一愣，面面相觑，心里萌生不祥预感。

再过几天，她粉白的脸色日渐泛出暗黄，神情时常游离在现实和遥远之间。到第三周，她几乎陷入长时间的昏睡，开始不认识人。每次探望，我都被婆婆的巨大变化所惊诧和震慑，似乎看到了死神在拽扯她，感受到她的生命机能在与癌细胞拼搏抗争。

5 月 7 日母亲节前一日，我随沃夫冈又来探望婆婆。昏睡中的婆婆突然听到了儿子喊妈妈，睁开眼急切地说：“沃夫冈，沃夫冈，扶我起来。”在护士的帮助下我们将她扶起，靠坐在儿子身边。

婆婆一生喜欢花草，我提示沃夫冈指给她看窗外芬芳吐艳的花卉。他簇拥着母亲温柔地说：“妈妈，你看窗外的花多美呀。”婆婆说，“是的。”“妈妈，你听小鸟在叫呢。”婆婆说，“是的。”不论沃夫冈说什么，她都温顺地说是的。后

亲朋好友寄来的吊唁卡

来我听到她嘟囔了一句：我看不见。我心里咯噔一下，莫非她已经失明？她所“看见”的桃红柳绿、春光明媚，不是眼前而是在天堂？

我拿出小木梳，让沃夫冈给母亲梳梳头。婆婆说好的，安静地让儿子为她梳顺凌乱的天然卷发。我赶紧拿出手机，拍下了他们母子温馨安宁的时刻……留下了她在世间最后的容颜。

婆婆平静地依靠着儿子坐了半个小时后，她说，沃夫冈，我要睡觉了。然后如释重负般安详入睡。三天后，5 月 10 日凌晨，一直再未清醒的婆婆，在神父的祷告中被天使接去了天堂。她以自己满意的方式洒脱地离开人间，拥抱天堂。

经历目睹了婆婆最后的生命时光，我懂了，什么是“死亡过程”，那是生命不甘放弃，誓与死神拼搏较量，直到体能弹尽粮绝，放飞灵魂。我悟了，什么是“回光返照”，那是生命自知时间不多，顽强凝聚起最后的力量，与至亲告别，与人生诀别。

风和日丽，蓝天如洗，在身穿教袍、手持仪仗的神父的主持引导下，在邻居友好协会的帮助下，六十多位亲戚朋友、街坊邻里、各协会朋友们身着黑色礼服，手持鲜花，按照天主教传统葬礼仪式，庄重、肃穆、安静、威严地为婆婆送行，并在教堂举行了温暖虔诚的悼念追思礼拜。沃夫冈极悲伤的心灵得到宽慰，得以解脱。

迁居小镇 18 年，我先后参加过 10 次葬礼，没想到，第 11 次葬礼，是送婆婆去天堂……我很庆幸，为老人家举办过隆重难忘的 85 岁寿辰庆典；我很遗憾，老人家终究没能看到我的新书出版。

我真坐上了“搭车椅”

2016 年的夏天堪称盛夏，德国难得的热气袭人。7 月中旬的一天，我要去州府杜塞城采访一个中德文化交流活动。小镇公交时刻表早已熟烂于心，我踩着点来到车站。可是一向准点的公交车居然没按时来？我疑惑地再查看站台的时刻表，才懊恼惊悉，暑假期间公交车减为每两小时一班。完了，再等一小时采访活动可就被彻底误了。

我正沮丧，一眼看到了旁边的“搭车椅”，顿时心头一亮，今天，我倒是要检验一下，这个温馨“搭车椅”到底管不管用！

屁股刚刚坐稳，一辆小车由远而近，减速稳稳地停在我前面。一位文雅女子放下车窗问我是否要搭车？我连惊喜的表情都来不及绽放，一下子跃进车里，迫不及待地开始了即时“采访”。我问她是不是本镇人，她说不是，她住在隔壁的大镇，也就是我们的市府所在地霍尔特。我又问她是怎么知道这个“搭车椅”的，她说是在我们小城周刊上读到这个信息的。今天是第一次搭上了一个需要搭车的人。

我当然是不停地道谢，告诉她，我正为要耽误了一场重要的活动而焦虑万

这位优雅的女人天使般来到“搭车椅”，解救了我的困境。

分呢，她帮了我大忙！“搭车椅”太好了！她依然文静淡定地说，人在遇到麻烦时若能及时得到帮助，我知道，这种感觉是很美好的。瞧，人家这素养！

我坦诚相告，自己是德国《华商报》记者，写过小镇的这个新鲜事——温馨的义务“搭车椅”，我很想拍张她的照片，是否可以？我很担心她婉拒，因为德国人很不愿意被陌生人拍照。可她居然同意了！当然，我没影响她继续开车，就在后面拍下了这张车在照常行进中的真实镜头。虽然遗憾没能拍下她那张秀美的脸庞，但我知道：她，代表了任何愿意义务搭载别人的人。

我成了小镇私人义务搭车椅的受益者，顺利按时完成了活动采访工作。

巧遇制做模型的小工匠

暑假，是德国家庭带孩子出门旅行期，本来就安静的小镇，此时更加宁静，街上几乎见不到人影。

夏日傍晚，夕阳红艳，金辉洒落，清风拂面，最惬意的田野漫步。我带着家里来的客人出门散步。刚拐过街角，就难得地听到后面小街上传来孩子的嬉笑声，原来是农庄主乌韦的女友奥瑞恩 7 岁的儿子路卡，还有一个我不认识的小女孩。

本以为他们在玩耍，走近前才发现，他们是在临时搭建的摊子上，卖自行设计自己制作的木头玩具。实用结实的摊位台上摆放着各种小木块，他们按自己的想象，将各种形状的小木块组合成房屋楼阁。当他们手持儿童电钻钻钉子时，还非常正规地戴上护耳，以防噪音伤害耳膜。

我们立刻对这两个“小工匠”发生了浓厚的兴趣，上前搭讪。路卡介绍小女孩说是他们家来的客人，他指着台上放置的木牌说，这是我们的名字“Luca & Noemi”。呵，产品还有信誉保证呢！

我东瞧瞧西看看，看中了一块三角木块，拿起来问价，路卡说，1欧元。我随身没带钱包，放下木块说，等我们散步回来去取钱再来买吧。6岁的小客人诺米落落大方地接过话茬说：刚刚有位女士也是这么说的，可是她到现在也没再来。童言无忌，小诺米自然纯真的一番话，真让我有点无地自容。我赶紧修正自己的行为，马上回去取了钱来，买了一件“路卡制造”。

德国孩子从小就以自己设计创新、自己动手制作为乐趣，家长也很乐意为他们创造动手条件。我在路卡和诺米身上看到的，不正是“德国工程师是怎样炼成的”？

2016年9月于莱茵河西岸莎蒲森小镇

路卡和诺米设摊卖自己制作的玩具

“路卡制造”

致　谢

洪莉

终于，将思维碰撞、触动感悟、理解融入以及快乐生活了25年的德国阅历中的点点滴滴，记录结成了《收集德国好时光—小镇生活风物记》和《收集德国好时光—认识德国骨子里的气质》这两本书。

在一年多的写作中，在采访、拍照和收集资料时，我有幸得到多方的帮助和支持，对此，我只有由衷地感谢，感谢理解，感谢信任。

我感谢，我的花园街的街坊邻居们。即使我不能像你们那样自如流畅地讲德语，不像你们那样酷爱啤酒，可你们仍然真诚地接纳我，真心地喜欢我。虽然你们那些暗喻重重的幽默笑话、民间典故大都让我懵懵怔怔，可一旦我听懂领会后会情不自禁地开怀大笑，而这居然可以让你们那么喜滋滋那么得意那么有成就感。

感谢你们，给我讲述家族故事、德国民俗，与我坦言对时事的看法。

Vielen Dank unseren Nachbarn.

我感谢，我的乒乓协会的朋友们。感谢你们，对我这个天生缺乏德国协会奉献精神的不合格会员的包容和接纳。感谢你们为我讲述协会成立至今的有趣故事，感谢你们对我的信任和期待。

Vielen Dank dem Tischtennisverein.

我感谢，德西小镇莎蒲森，我的第二故乡。在这个和谐安详的田园小镇里，我生活得自由自在，无忧无虑。我感谢，市长和村民们对我的信赖，欣然接受我的采访，并为这套书得以出版而自豪。

Vielen Dank den Bürgern der Gemeinde Rheurdt Schaephuysen und dem Bürgermeister Kleinenkuhnen.

我虽然是个理工女，但天生喜欢幻想，喜欢文学，喜欢写作。在德国，我实现了我的这个梦想，有缘成为德国《华商报》的记者、编辑。我感谢，德国《华商报》主编修海涛先生，他在德国及欧洲历史、宗教史方面的深厚的专业知识，及对德国各方面的深入认知和了解，对我近十年来的采访、报道、写作等工作，给予了许多帮助和指点。我感谢，德国《华商报》编辑部的伙伴们，不论是在工作中还是在生活中，我们都是那么知心快乐，融洽和睦。

Vielen Dank den Kollegen der Redaktion der Chinesischen Handelszeitung mit dem Herausgeber XIU Hai Tao

我感谢，有缘结识德国普华永道合伙人王炜等很多工作在德国公司或中资企业中的朝气蓬勃、聪明能干的华人朋友，还有很多在德国勤奋创业、努力工作的华侨及侨领们。他们为中德两国政府、企业及民间的政治、经济、文化交流作出了巨大贡献，从他们身上我学到了很多东西。我感谢，我身边亲密的华人伙伴们，同样融入德国生活的阅历和感受，使我们彼此理解，情感交融，共同成长。

Vielen Dank auch allen chinesischen Freunden in Deutschland.

我还要深深感谢这两本书的两位编辑陈志姣和朱悦。她们认真负责，勤奋敬业，为做好这两本书，我们一起经历了无数次的沟通和商榷。她们的青春活力，也为这两本书注入了特别的浪漫激情。我由衷地感谢她们！

Vielen Dank auch den Mitarbeitern Frau Chen Zhijiao und Frau Zhu Yue des Verlags

Hua Xia Publishing House in Peking, die dieses Buch optisch gestaltet und gedruckt haben.

我还要感谢我儿子可为（Kewei）帮助我更多认识德国教育体系，了解德国青年一代，帮我查询资讯。我还要感谢朋友吴凌和杨悦，她们以娴熟的专业德语和优美的中文表达，帮我完美地翻译了德文。

Vielen Dank den Hilfen bei Übersetzungen an meinen Sohn Kewei, Frau Wu Ling und Frau Yang Yue.

最后，我要深深地感谢亲爱的老沃——我的先生沃夫冈·卡利斯克（Wolfgang Kalischke）。老沃为人真诚善良，助人为乐，和中国朋友们来往密切、关系融洽，热情招待每一位到我们家来做客的中国客人。在我们这个中德家庭里，不存在中德文化差异。在他身上，我感受到了很多德国这个国家民族的优秀品质，学到了很多以前不懂的东西。

老沃是名机械制造工程师，在德国制造业工作了一辈子，对德国工业界有很深的了解，有着丰富的工作经验。但他不是呆板的理工男，他兴趣广泛，爱读书，爱旅游，爱体育，爱开玩笑。他对历史、文化、民俗传统等等都有很多的了解。他非常支持我写这本书，并为我提供了大量的素材和帮助，随时解答我的问题。可以说，没有他，就不会有这本书！我由衷地感谢他！

Vielen Dank zum Schluss an meinen Mann, der mir die Kontakte hergestellt hat und mich in allen Dingen geholfen hat.

生活中有很多美好，很多新奇，待我们去发现去体验。亲爱的读者，若您在阅读本书中，能对德国社会、德国生活有所了解和认知，作为作者我将会感到非常欣慰。感谢您的阅读！